启笛

唤

醒

有

回

声

失足于两颗星之间

巴略霍诗选

〔秘〕塞萨尔·巴略霍 著
赵振江 译

CÉSAR VALLEJO

北京大学出版社

目录
CONTENTS

塞萨尔·巴略霍的生平与创作（代序）/ I

黑色使者　　黑色使者 / 003
（选 30 首）　精巧天花板（选 5 首）/ 005
　　　　　　　　神圣的凋落 / 005
　　　　　　　　领圣餐 / 006
　　　　　　　　冰的船舷 / 008
　　　　　　　　平安夜 / 009
　　　　　　　　火炭 / 010
　　　　　　潜水员（选 2 首）/ 012
　　　　　　　　蜘蛛 / 012
　　　　　　　　朝圣 / 014
　　　　　　关于大地（选 4 首）/ 016
　　　　　　　　致恋人 / 016
　　　　　　　　夏天 / 018
　　　　　　　　九月 / 020
　　　　　　　　沉积 / 021

帝国怀想（选 6 首）/ 023
　　帝国怀想 / 023
　　路的祈祷 / 028
　　逝去的恋歌 / 030
雷声（选 8 首）/ 031
　　团圆筵 / 031
　　我们的面包 / 033
　　悲惨的晚餐 / 036
　　为了我爱人罕见的灵魂 / 038
　　永远的洞房 / 040
　　永恒的骰子 / 041
　　雨水 / 043
　　上帝 / 044
家庭之歌（选 4 首）/ 046
　　发烧的花边 / 046
　　遥远的脚步 / 048
　　悼亡兄米格尔 / 050
　　明摆着…… / 052

特里尔塞
（选 20 首）

　　I / 057
　　II / 059
　　III / 061
　　IX / 064
　　XIII / 066
　　XIV / 068
　　XVII / 070
　　XVIII / 072

	XXIV / 074
	XXVII / 075
	XXVIII / 077
	XXXIV / 079
	XXXVII / 081
	XLI / 083
	XLV / 085
	LI / 087
	LVIII / 089
	LXIII / 092
	LXV / 094
	LXXVII / 097
散文诗 （选 8 首）	时间的暴行 / 101
	生命最危急的时刻 / 103
	说说希望 / 104
	生命的发现 / 106
	骨骼名册 / 108
	已无人在家中生活…… / 110
	伤残者 / 111
	当网球运动员抛球的时刻…… / 113
人类的诗篇 （全集共 76 首）	身高与头发 / 117
	成双成对 / 119
	一个男人在注视一个女人 / 121
	粗隆的春天 / 124
	地震 / 126

帽子，大衣，手套 / 128

等到他回来的那一天…… / 130

天使的敬意 / 131

致行人书 / 134

矿工们走出矿井…… / 136

星期日在我驴儿明亮的耳朵上…… / 139

地与磁 / 141

坷垃 / 145

但是在这一切幸福结束之前…… / 148

年迈驴子的想法 / 151

今天我对生活远不如从前那么喜欢…… / 153

相信眼镜，不相信眼睛…… / 156

两个呼吸困难的孩子 / 158

同志，再冷静一点…… / 161

这…… / 164

在生活中思索 / 166

我今天真想成为幸福的人…… / 168

九个魔鬼 / 170

有的日子，我产生一种极大的政治兴趣 / 175

关于死的布道 / 178

我在寒冷中公正地想…… / 181

吉他 / 184

周年 / 186

在一块岩石上停工…… / 188

跑，走，逃…… / 192

最终，没有这持续的芳香 / 194

黑色石头在白色石头上 / 196

为了朗读与歌唱的诗 / 198

从混乱到混乱…… / 200

强度与高度 / 203

我纯粹因热而冷…… / 205

一根立柱忍受着安慰 / 207

炎热，我疲惫地带着金子而去 / 209

公墓 / 211

让我留下来，温暖淹死我自己的墨水 / 214

要流放来的人刚刚过去…… / 216

饥饿者的轮子 / 218

生活，这生活…… / 221

巴掌与吉他 / 224

能把我怎么样…… / 227

请听你的块头，你的彗星…… / 229

倘若在诸多话语之后…… / 231

巴黎，1936 年十月 / 233

联想到永别的再见 / 235

什么也不要对我说…… / 237

总之，我无法表达生，只能表达死 / 239

不幸者 / 242

乡间挂在我的鞋子上 / 246

人的尖端…… / 248

啊，没酒的酒瓶！…… / 250

最终，一座山…… / 252

无论我的胸膛喜不喜欢它的颜色…… / 254

胡蜂，楔子，斜坡，和平…… / 256

受苦，博学，正派…… / 258

好吗？苍白的非金属使你健康…… / 260
被嘲弄，适应了环境，生病，发烧…… / 262
阿丰索：你在看我，我看到了…… / 265
失足于两颗星星之间 / 269
或许，我是另一个人…… / 273
造化之书 / 275
我非常怕变成一个动物 / 277
婚礼进行曲 / 279
愤怒使大人破碎成孩子…… / 281
一个人肩上扛着面包走过…… / 283
今天一块碎片刺进了她 / 286
灵魂因是其躯体而痛苦 / 289
让百万富翁赤裸裸地行走！ / 292
坏人会扛着宝座来 / 297
与山上的飞禽相反…… / 300
为了心甜的柔情！ / 303
这就是我穿上长裤的地方 / 306

西班牙，请拿开这杯苦酒

（15首）

一　献给共和国志愿军的歌 / 313
二　战斗 / 324
三　佩德罗·罗哈斯 / 333
四 / 337
五　死神的西班牙形象 / 339
六　毕尔巴鄂失陷后的送别 / 342
七 / 344
八 / 346
九　献给共和国英雄的小安魂曲 / 349

十　特鲁埃尔战役的冬天 / 351

十一 / 354

十二　群众 / 356

十三　为杜兰戈的废墟擂响丧鼓 / 358

十四 / 361

十五　西班牙，请拿开这杯苦酒 / 363

附录 1：聂鲁达献给巴略霍的两首诗 / 367

附录 2：巴略霍年谱及作品年表 / 377

后　记 / 382

塞萨尔·巴略霍的生平与创作（代序）

塞萨尔·巴略霍（César Vallejo, 1892—1938）是西班牙语诗坛上最伟大也是最复杂的诗人之一。说他伟大，是因为他的诗歌创作是整个西班牙语先锋派诗歌的标志之一；说他复杂，是因为他的作品比贡戈拉夸饰主义的巴洛克更难理解。然而耐人寻味的是，如此复杂、如此难懂的巴略霍竟然又是在西班牙语世界引起广泛关注的诗人。这或许正是他的伟大之处，雅俗共赏历来是衡量伟大作家和艺术家的重要标准之一。

巴略霍于1892年3月15日出生在秘鲁北部安第斯山区的圣地亚哥·德·丘科镇。其故居坐落在卡哈班巴区的哥伦布街96号，如今这条街已改为塞萨尔·巴略霍街。他的祖父和外祖父都是西班牙籍牧师，祖母和外祖母都是原住民。在12个兄弟姐妹中，他是最小的一个。他受洗礼时的全名是塞萨尔·亚伯拉罕·巴略霍·门多萨。在他的童年时代，家境虽说不上富有，但也衣食无忧，他的父亲曾当过家乡的镇长。但要培养他上大学，就不是一件容易的事了。1910年和1911年连续两年，他曾先后在特鲁希略大学和利马的圣马可大学注册，都因经济困难而退学。他于1913年入特鲁希略大学文哲系，两年后又同时在法律系注册。从那时起，他一直半工半读，主要是在小学任教；秘鲁著名的土著小说作家西罗·阿莱格里亚就曾是他的学生。

巴略霍于1917年底到利马，在圣马可大学文学系注册。作为出身卑微的"混血儿"，巴略霍立即感受到了大都市的世态炎凉，但他也很快找到了良师益友。尤其值得一提的是他结识了具有民族气节和正义感的社会贤达——作家与诗人贡萨雷斯·普拉达、埃古伦、马里亚特吉等人，并与后者一起创办杂志《我们的时代》。这一年他完成了第一部诗集《黑色使者》，并于第二年7月出版，尽管书上署的仍是1918年的日期。诗集在报刊上受到了好评。

1920年5月，他回乡探亲，在参加圣地亚哥（即圣雅各）纪念庆典时因"带头袭警闹事"而被通缉并终遭逮捕，受过112天的牢狱之灾。迫于知识界和大学生们的强大压力，地方当局于1921年暂时释放了他。这段经历对他的一生产生了深远的影响，经常在其创作中折射出来。就是在这一年，他完成了《特里尔塞》的创作，并有一部短篇小说（《在生与死的后面》）获奖。1922年，他出版了诗集《特里尔塞》。1923年，他出版了短篇小说集《音阶》和中篇诗化小说《野蛮的寓言》。当时有传言说，他的案子可能复审，他便于6月17日乘船赴欧洲，7月13日抵达法国。从此，他再也没回自己的祖国。

在巴黎，巴略霍的经济状况一直不好，并且要与疾病抗争。1926年，他与胡安·拉雷塔共同创办了《繁荣·巴黎·诗歌》杂志。欧美的先锋派诗人赫拉尔多·迭戈、特里斯坦·查拉、维森特·维多夫罗、胡安·格里斯、皮耶尔·勒韦尔迪、巴勃罗·聂鲁达等都曾为他们撰稿。1927 年,他经受了深刻的精神与道德危机,对马克思主义产生了浓厚的兴趣。1928 和 1929 年他两度赴苏联访问。在此期间,他发表了大量的报刊文章,并创作了中篇小说《钨矿》。1930 年,他在马德里的《玻利瓦尔》杂志上发表访苏观感,并在西班牙结识了阿尔贝蒂和萨利纳斯等诗人。回到巴黎后,他的政治活动引起了警方的注意,并于年底将他驱逐出法国。他只好重返西班牙。在那里,他出版了中篇小说《钨矿》、通讯报道《俄罗斯在1931》和《在克里姆林宫前的思考》(1931)。同年,他加入了西班牙共产党,并第三次访问苏联。1932 年他又回到巴黎,在贫病交加中从事政治活动与文学创作。1936 年爆发的西班牙内战激发了他高度的政治热情,他积极参与筹建"保卫西班牙共和国委员会",参加群众集会和声援共和国的活动,赴马德里和巴塞罗那做宣传报道。1937 年,他作为"第二届国际作家保卫文化大会"的秘鲁代表再赴西班牙,并亲临马德里前线。在此期间,他创作了《疲劳的岩石》《西班牙,请拿开这杯苦酒》和《人类的诗篇》中的诗作。1938 年,他开始重建"秘鲁保障与自由运动"。由于过度疲劳,健康恶化,于 4 月 15 日在法国巴黎去世。1939 年,人们出版了他的诗集《西班牙,请拿开这杯苦酒》和《人类的诗篇》。1970 年人们将他的遗体移葬到有名的蒙帕纳斯山公墓。

巴略霍的一生,是充满痛苦的一生,也是不懈追求的一生。他的痛苦不仅是个人的,更是人类的。他的追求不仅是政治的,更是艺术的。纵观他的一生,可以说,痛苦始终伴随着他,追求也始终激励着他。对他有了这样的了解,再来分析他的诗歌,或许不会有太大的偏颇。

巴略霍从1908年(16岁)开始写诗,至1918年完成了《黑色使者》。在这十年中,他明显地接受了现代主义诗人鲁文·达里奥、埃雷拉·伊·雷西格和莱奥波尔多·卢贡内斯的影响。但《黑色使者》却是一部从现代主义诗歌中脱胎出来的全新的诗集。它与现代主义诗歌的根本区别在于:现代主义是脱离现实的,既脱离社会现实,也脱离诗人所处的氛围与心境,而《黑色使者》却具有鲜明的自传成分。诗人表达的是自己的经历、观念、信仰、价值观和赤裸裸的人性;现代主义诗人追求异国情调,具有明显的世界主义倾向,而巴略霍的作品却恰恰相反,具有家乡的、族群的、本土主义的特征;现代主义诗人所追求的是语言的典雅与韵律的和谐,而巴略霍不仅常常将日常的口语镶嵌在字里行间,有时还会将语言支解或根本不遵循现有的语言规范。

巴略霍的第一部诗集《黑色使者》共收录诗作69首,由《精巧天花板》《潜水员》《关于大地》《帝国怀想》《雷声》和《家庭之歌》组成。内容涉及亲情、爱情、宗教以及诗人和世人的生存危机。《黑色使者》是作为全书的序诗出现的。它表现了诗人在生活打击面前的怀疑和失望:

生命中有些打击,如此严重……
我不懂!
就像是上帝的仇恨;面对它们

似乎一切苦恼的后遗症
都在灵魂沉积……我不懂！

打击虽然不多；然而能……在最冷酷的面孔
和最结实的脊背上开出阴暗的沟壑。
它们要么是野蛮的匈奴人的战马
要么是死神派来的黑色使者。

…………

诗集中有一组回忆古老印加帝国的诗篇，题为《帝国怀想》，这是本土主义在巴略霍诗歌中的集中表现。在第三首中，他这样写道：

耕牛走在通往特鲁希略的路上
像古老的酋长，沉思冥想……
对这生锈的暮色，
像为失去领地而哭泣的国王。

我在城垣上站立，思考着
福祸交替的规律；
在耕牛寡妇般的眼神里
无时不在的梦想已腐烂下去。

…………

在这首诗里，诗人的本土主义不仅表现在对古老印加王国的怀念，还表现在对克丘亚语的自然运用，这样就给诗作增添了印第安民族特有的韵味与情调。诗人在这部诗集里抒发了对亲人和故乡既浓烈又苦涩的情怀。比如，他无可奈何地看着父母衰老下去，看着他们如何走到人生的尽头：

> 父亲变得衰弱无力
> 就像是一个除夕，
> 心不在焉地回首往事的
> 琐碎、启迪和残余。

这样的诗句暗示着在七十八岁高龄的父亲心中，往事都混杂在一起了。对他来说，生活目的不过是未来子孙的繁衍，而"未来"他是再也看不到了。远离家乡的诗人对父母充满了怀念之情：

> 父亲在沉睡。威严的面孔
> 表明平静的心灵。
> 此时此刻他多么甜蜜……
> 只能是我——如果他有什么苦涩的东西。
> ……………
> 母亲漫步在果园里，
> 嗅着已经不存在的气息。
> 现在她是那么温柔，

那么出神、爱抚、飘逸。

……

在这组诗中,巴略霍还写了一首怀念兄长米格尔的作品:

哥哥,今天我坐在咱家的石凳上,
没有你,我们感到无限的忧伤,
记得此时咱们正在玩耍,
"可是,孩子们……"母亲抚摸在我们身上。

……

米格尔,在八月的一个晚上,
破晓时你去躲藏;
可这一回你没有欢笑,只有忧伤。

"躲藏"既指儿时的游戏,又指兄长的去世。对于弟弟的童心来说,哥哥没有死,不过是"藏了起来"。诗人将对哥哥的怀念与对孩提时代的回忆揉在了一起。诗集中有一些情诗,如本书中选译的《逝去的恋歌》。曾在北京大学任教的秘鲁圣马可大学教授阿尔瓦罗·门多萨先生对笔者说过,他对此诗作了考证:印第安姑娘丽达是诗人邻居家的女孩,她总是翘首盼望在外漂泊的年轻诗人的归来。对诗人而言,尽管这段经历已成过去,但他的怀念之情却依然婉约动人。

《特里尔塞》是巴略霍于1919至1922年间在利马写成的,1922年出版。它与同一年出版的《尤利西斯》(乔伊斯)

和《荒原》(艾略特) 一样，具有划时代的意义。但它在首次出版后并未引起人们的重视，直到1931年何塞·贝尔加敏在西班牙为该书作序并再次出版时才引起了强烈的反响。这是一部与现代主义传统彻底决裂的作品，是拉丁美洲先锋派诗歌的里程碑。它打破了传统的诗歌技巧，表现了诗人大胆的开拓精神。

首先，诗集的名字就令人难解，"特里尔塞"（TRILCE）是诗人杜撰的新词，TRI 与3相关，它体现了诗人对事物除同一性、二重性以外的第三极思考。整个诗集以人的孤独、无助为基调，表现在非正义的社会中，人类所遭受的重重苦难。一般学者认为：TRILCE 是由 TRISTE（痛苦）的词头和DULCE（甜蜜）的词尾合成的。书中的诗没有标题，只有罗马数字。在这些诗句的迷宫中，读者没有任何向导，同时也就没有任何约束，可以充分发挥自己的想象力。

从内容上讲，《特里尔塞》与《黑色使者》是一脉相承的：揭露社会的黑暗与人类的苦难。对巴略霍而言，人生就是一个悲剧。诗人的所见、所闻、所感、所思无不是人类的痛苦。这部诗集共有诗作77首，只用罗马数字作为标题。就内容而言，写爱情的35首，关于生存的23首，写家庭的7首，写监狱的6首，关于美学思考的6首。从形式上讲，《特里尔塞》既背叛了西班牙语诗歌的传统，也脱离了先锋派诗歌的主流。他非常注重诗歌的直观形象，而不是通过人的理智来进行情感的交流。书中诸多晦涩难懂的诗句表明，巴略霍拒绝廉价的和谐，主张大胆的创新。他鼓励人们拒绝对称，通过语言的矛盾和冲突来揭示自己的内心世界。诗集中许多类似呓语的诗句把先锋派的诸多"主义"融合起来，却又不属于其中的任何一个"主义"。这是一种名副其实的标新立异。这部作品的成功之处在于它以一种荒谬的语言深刻地表现了诗人和人类的痛苦与不幸。当巴略霍抒发自己的孤独和苦闷的时候，当他描写自己在狱中的遭遇和抗议社会不公正的时候，当他回忆自己失去母亲和家庭温暖的时候，诗人流露出了对所有被压迫者的关爱与同情。正是这种对人的终极关怀使巴略霍在后来接受了马克思主义。在此，要指出的是该诗集的译介是极其困难的。且不说诗人有意而为的书写变异和词汇变异根本就无法翻译，就是与诗人的生存经历密切相关的想象力也是常人难以企及的。要理解每一行诗的含义，除了要阅读大量的参考资料外，最好要在诗人的家乡住上一年半载，深入了解那里的文化传统和风土人情，与研究巴略霍的专家深入探讨，否则，要准确传达诗人的本意，几乎是不可能的。遗憾的是译者没有这样的机会，因而这里的翻译实属勉为其难，谬误在所难免，在此先把丑话说在前面。

在西班牙内战期间，巴略霍两次来到反法西斯前线，写下了《西班牙，请拿开这杯苦酒》。这句话模仿《圣经》中的《马太福音》。《圣经》中的译文是这样的：他（耶稣）俯伏在地祷告说："我父啊，倘若可行，求你叫这杯离开我；然而，不要照我的意思，只要照你的意思。"（在《马可福音》和《路加福音》中亦有此话，译文大同小异。）《圣经》中的"杯"指的是耶稣即将遭受的苦难，而巴略霍所说的"杯"显然是指西班牙人民遭受的苦难。这部诗集的标题，北京大学西语系已故段若川教授最早译为《西班牙，请拿开这杯苦酒》。意思是没错的。但考虑到其与《圣经》的联系，便译作《西班牙，请拿开这杯苦酒》。在《圣经》中是耶稣向上帝祈求，在这里是诗人向西班牙祈求。由此可知，革命的共和国在诗人心目中的地位。这部诗集由15首诗组成，其内容和形式依然保持着巴略霍的风格，与其他同一题材的诗歌迥然不同。这时的巴略霍已经是一个马克思主义者，他在诗中已经将工人看作"救星"：

工人，我们的救星，我们的救世主，
兄弟，请原谅我们欠下的债务！

值得注意的是，巴略霍虽然已是马克思主义者，但他在这部诗集中却不时影射《圣经》中的情节，这样可能会使天主教国家的读者感到亲切。如其中的第十二首《群众》与拉撒路复活的情节就颇为类似：

战斗结束，
战士牺牲了，一个人向他走来
对他说："你不能死，我多么爱你！"
但尸体，咳！依然是尸体。
…………
于是，大地上所有的人
包围着他；伤心而又激动的尸体看见他们；

慢慢地欠起身，

拥抱了第一个人；开始行进……

《人类的诗篇》是巴略霍在1923年以后写的作品，是他的遗孀和劳尔·波拉斯·巴雷内切亚一道于他死后（1939）在巴黎出版的。全书由76首诗组成。不同版本的排列顺序有些出入，个别的诗句也不完全相同。这同样是令人惊心动魄的诗篇，光怪陆离的诗篇，也是最具有个性和激情的诗篇。1922年以后，巴略霍割断了与家庭和祖国的联系。随着时间的推移，经济的拮据、疾病的折磨、世道的不公使他的苦闷与日俱增，他甚至感到个人的总和不能构成一个社会，个人的存在与否是无关紧要的，于是写下了这样的诗句：

谁不叫卡洛斯或别的什么姓名？

对于猫，谁不以猫啊猫啊相称？

唉，我不过仅仅是出生！

唉，我不过仅仅是出生！

无动于衷的个人组成了群众，然而这个群众并不能抹去孤独的感觉。在《特里尔塞》中，诗歌的意境往往是主观的，巴略霍本人就是悲剧的中心，他力图以一种荒谬的语言和时间、成长、永恒、死亡等抽象概念搏斗。但是在《人类的诗篇》中，巴略霍已成了人类的代言人。在这些作品里，他和其他的个人都变小了，甚至转化成一些习俗、服饰和疾病，他们唯一

的能力就是繁衍后代,这是何等荒谬的现实。在题为《帽子,大衣,手套》的诗中,他写道:

> 面对法兰西剧院,摄政咖啡馆,
> 一张桌子,一把安乐椅
> 安置在一个隐蔽的房间。
> 我一走进,扬起了静止的尘烟。
>
> 在我橡胶似的双唇之间,
> 一支点燃的烟,迷漫中可见
> 两股浓烟,咖啡馆的胸膛
> 胸膛中,忧伤的锈迹斑斑。
>
> 重要的是秋季移植在秋季中间
> 重要的是秋季用嫩芽来装点,
> 皱纹用颧骨,云彩用流年。
>
> 重要的是狂嗅,为了寻求
> 冰雪多么炽热,乌龟多么神速,
> "怎样"多么简单,"何时"多么急促!

在这首短短的十四行诗中,巴略霍将咖啡馆的"内室"变成"胸膛",从它的凄凉景象写到诗人的忧伤,然后又写到外部的生活环境和违反常规的荒唐追求,从而表现了诗人苦闷、失望的心情。这首诗语言浅显，寓意深邃，既令人费解，又耐人寻味。

在巴略霍生活的时代，资本主义正处在经济萧条和社会危机中。他所看到的不是世界发展的前途，而是人类不幸的加剧。在创作《人类的诗篇》时，他已经不是狂热追求诗歌"绝对自由"的青年，已经亲身经历了人类所受的重重苦难。尽管如此，他并没有绝望，始终在号召人们与非正义的社会进行斗争。从这个意义上说，《人类的诗篇》与《西班牙，请拿开这杯苦酒》是相辅相成的作品。总之，从诗歌内容上说，巴略霍是一位进步的诗人，革命的诗人，而从诗歌的艺术形式上看，巴略霍是一位勇于开拓，勇于创新的诗人。

译 者

初稿于 2003.5.27

修改于 2012.6.19 和

2022.6.27

黑色使者

(1915—1919)

选 30 首

谁能领受，就领受好了。

——马太福音

黑色使者 *

> * 该诗作于 1917 年 3 月,曾发表在《利马世界》和特鲁希略的《改革》杂志。

生命中有些打击,如此严重……

我不懂!

就像是上帝的仇恨;面对它们

似乎一切苦恼的后遗症

都在灵魂沉积……我不懂!

打击虽然不多;然而能……在最冷酷的面孔

和最结实的脊背上开出阴暗的沟壑。

它们要么是野蛮的匈奴人的战马

要么是死神派来的黑色使者。

它们是灵魂中的耶稣们重重地跌倒,

是命运之神亵渎的可爱的信仰。

那些血淋淋的打击是炉膛内

为我们烧烤的面包爆裂的声响。

而人……可怜……可怜!转过眼睛

如同有人拍一下肩膀,将我们召唤;

转过疯狂的眼睛,而经历的一切

宛似一个罪过的水塘沉积在目光。

生命中有些打击,如此严重……

我不懂!

精巧天花板（选5首）

神圣的凋落*

> *该诗大约作于1917年4月。

月亮！巨大头颅的王冠，

你在淡黄色的阴影中脱落着叶片！

红色王冠属于一个耶稣。

他在苦苦地思考绿宝石的甘甜！

月亮！苍天疯狂的心脏

在盛满蓝色美酒的杯中，

你为何向着西方划桨？

像痛苦的破船一样？

月亮！凭借徒劳的飞行，

你在散落的乳白色中牺牲：

你或许如同我吉卜赛人的心脏

在蓝色中游荡，哭颂着自己的诗行！……

领圣餐 *

美丽女王!你的血管

是我那古老"无存"的酵母

和我生命的黑色香槟!

你的头发

是我的葡萄树未被察觉的根须。

是我失去的

梦想中主教冠上的丝线!

你的身体是玫瑰色的

约旦河上的浪花翻卷;

像一根赐福的鞭子

使邪恶的毒蛇自愧不堪!

你的双臂令人无限渴望,

放射着仙女们 † 贞节的光芒,

* 该诗最初于 1917 年 6 月 16 日发表在特鲁希略的《工业》报上。

† 原文中 hespérides 意为赫斯珀里得斯,即为赫拉看守金苹果的仙女们。

宛若两条救赎的洁白之路，

十字架的两条濒危的臂膀。

它们在不败的血液中，

靠我不可能的蓝色成长。

你的双脚是两只报信的百灵

永远来自我的昨天！

美丽女王！你的双脚是从圣灵

降临时，我忍住的两滴泪水，

复活节前的周日我进入世间，

从此与伯利恒*渐行渐远！

* 伯利恒是耶稣降生的地方。

冰的船舷 *

*该诗作于1917年，灵感源自一位姓 Murguía 的姑娘，那时巴略霍每日都和她见面。

每天我都来看你走过，

迷人的小艇总在远方……

你的双眸是两位船长；

你的樱唇是一方小手帕

在血的告别中飘扬！

我来看你走过；直至有一天，

你陶醉在残酷，陶醉在时光，

迷人的小艇总在远方……

傍晚的星将化作渺茫！

船缆；叛逆的风；

走过的女性之风！

你冷酷的船长们将发号施令；

执行的人是我，我将启程……

平安夜*

> *该诗最初发表在1916年4月14日特鲁希略的《改革》杂志上,题为《夜曲》。

当乐队停止演奏,树枝下

游荡着女性模糊的身影,

树叶的缝隙间,过滤着月亮

冰冷的幻想和飘着淡云的天空。

双唇哭泣着被遗忘的吟咏,

硕大的百合扮成乳白色的套装。

狂热的人群充满交谈和微笑,

粗犷的树林洋溢着丝绸的芬芳。

愿光明为你的归来而欢笑;

在你苗条体态的主显节,

节日用更纯的金子歌唱。

那时我的诗句会咩咩在你的田庄,

用它们所有神秘的青铜

吟唱你爱情的圣婴来到了世上。

火 炭

致多明戈·帕拉·德尔列戈

我在悲剧中向蒂丽亚炫耀

我乐观成串的诗行;

每个悦耳的水果都在流血,

像悲伤的红酒,葬礼的太阳。

   蒂丽亚将有十字架

在最后的时刻,那就是阳光!

为了蒂丽亚,我将在悲剧中

点燃双唇上的那一滴光焰;

当嘴唇为了亲吻而激奋时,

便化作数以百计神圣的花瓣。

   蒂丽亚将会有匕首,

那匕首似鲜花开放和黎明的曙光!

在阴影中，女英雄，完美殉道者，

你足下将有伟大的生命；

当你不眠时，吟颂我的诗行，

我的头脑，像鲜血墨水中的祭品一样！

   你将贪婪地畅饮

我的血，宛似病毒，在百合花上！

潜水员(选 2 首)

蜘　蛛 *

| *该诗作于 1917 年。

这是已经不能走动的硕大蜘蛛；

平淡无奇，它的身躯，

头部和腹部，有血液在流出。

今天我就近看它。

无数的脚向着各个侧面

多么努力地爬。

我在想着它那些看不见的眼，

蜘蛛致命的领航员。

这是一只颤抖的蜘蛛

固定在一块石棱上；

腹部和脑袋

朝着不同的方向。

可怜的蜘蛛用那么多脚，

依然动弹不得。眼见它

今日在困境中失魂落魄，

这旅行家多么令我难过。

这是一只硕大的蜘蛛，

腹部阻止它的头部向前。

我想到它的眼

和它那么多的脚……

这旅行家多么令我伤感！

朝　圣

我们一起去。梦

舔着我们的双脚,何等甜蜜;

毫无甜蜜,一切

都在苍白的放弃中转移。

我们一起去。死去的

灵魂,如同我们,

穿过爱情,

乳白色的步伐在生病,

身上的丧服僵硬

在我们中间蜿蜒前行。

亲爱的,咱们去

一堆泥土脆弱的边沿。

翅膀在油和纯洁中

沉浸。但是一个撞击,

跌倒时,我不知在哪里,

将可恶的牙齿磨尖

用每个泪滴。

士兵,一个伟大的士兵,

为了那些肩章的枪伤,

在英勇的傍晚斗志昂扬,

笑声中向双脚显示,

"生命"的头脑,

像可怕邂逅的女人一样。

我们一起去,亲密无间,

不败的光明,病态的步伐;

我们一起去,和坟墓里的

芥子和丁香花*。

---

* 丁香(lila)指人时,有愚蠢、笨蛋之意。

关于大地（选4首）

致恋人 *

亲爱的，今晚你被钉在我的吻

那两根弯木构成的十字架上；

你的忧伤告诉我：耶稣曾哭泣，

有一个神圣的周五 † 比这吻更甜蜜。

在奇怪的夜晚你不停地看我，

死神多么快乐，在骨头上唱歌。

在这九月的夜晚，发布了

最具人性的吻和我的第二次坠落。

亲爱的，我们将死在一起，永不分离；

我们高尚的愁苦将断断续续地干涸；

我们死去的双唇会将幽灵抚摸。

* 该诗最早见于1917年9月8日特鲁希略《改革》杂志的"文学星期六"专栏。应该是写给索伊拉·罗莎·夸德拉（"爱神木"）的。

† 星期五是耶稣被钉上十字架的日子。

在你神圣的眼睛里已无责备之意；

我也不会再冒犯你。我俩将

睡在一个坟墓里，就像两个小兄弟。

夏　天^{*}

夏天，我要走了。你的傍晚

温顺的小手让我伤心。

你虔诚地来；老是来；

在我的灵魂中，你将遇不到任何人。

夏天！你将经过我的阳台

带着紫荆和大大的黄金珠串，

像来自远方伤心的主教

来寻找并祝福死去的情侣

那些破碎的指环。

夏天，我要走了。那里，九月份

我有一朵深深拜托你的玫瑰；

你在罪过和陵墓的每一天

都要用祝福的水将她浇灌。

---

* 对该诗的理解有不同说法：1.作于1916年12月，灵感来自玛丽亚·罗莎·桑多瓦尔；2.作于1917年12月；3.同意后者，因为这时巴略霍即将去利马。"玫瑰"指索伊拉·罗莎·夸德拉（"爱神木"）。

如果陵墓以哭泣的力量，

以信仰之光颤动大理石的翅膀，

高声朗读你的悼词，向上帝

请求让她永久死亡。

一切都已经晚了；

在我的灵魂中，你将遇不到任何人。

别哭了，夏天！在那条沟垄，

一棵玫瑰死了，会不断地复活……

九 月 *

九月的那个夜晚,对于我

你是那么好……甚至令我苦恼!

其余我一概不知;对此,

你不该,不该那么好。

那晚你哭了,看到我

难以理解且专横,病态又悲伤。

其余我一概不知……对此

我不知为何悲伤,那么悲伤……!

只有甜蜜九月的那个夜晚,

我对你玛格达拉 † 的眼睛,有全部

和上帝的距离……我是你的甜蜜!

同样是九月的一个傍晚

我从汽车里,在你的火炭中,

播种了十二月之夜的水坑。

---

* 该诗作于1917年12月,灵感来自索伊拉·罗莎·夸德拉("爱神木"),诗人和她在九月分手。

† 玛格达拉(Magdala)是《圣经》中的地名(今以色列境内),妓女玛丽亚·马格达莱纳的家乡,耶稣为她驱走了心中的恶魔,后二人成了朋友。

沉 积[*]

今天傍晚下雨了,从未有过;

心啊,我不想活。

今天傍晚很甜蜜。为什么不呢?

她穿着高雅和忧伤,身着女儿装。

今天傍晚利马下雨了。我想起了

自己忘恩负义的残酷的洞穴;

我的冰块压在她的虞美人上,

比她的"别这样!"更强。

我凶猛的黑色花朵;野蛮

而又巨大的石击;冰冷的土地。

她极富尊严的沉默

将用燃烧的油彩战胜最终的结局。

---

* 作于1918年冬。值得注意的是:利马终年无雨,即便是毛毛细雨,也要到4、5月才有。该诗应是诗人对索伊拉·罗莎·夸德拉("爱神木")的怀念。

因此今天傍晚，不同往昔，

我要和这雕鸮、和这颗心在一起。

别的女人经过；见我如此悲伤，

从我深深的痛苦那陡峭的皱纹里

窃取了一点点你。

今天傍晚下雨了，如同瓢泼。

心啊，我真不想活！

帝国怀想（选6首）

帝国怀想 *

一

在曼希切 † 的景色中

夕阳在将帝国的怀想耕种；

种族在我的话语里加工，

就像培育肌肉之花的血的星星。

钟在敲响……没有人打开

教堂……或许一段圣经的短文

会讲：有人在黄昏亚洲

激动的话语里死亡。

---

* 这组诗共4首，于1917年6月30日发表在特鲁希略的《改革》杂志的"文学星期六"专栏。

† 曼希切是特鲁希略附近的地名，当年市内还有曼希切大街，街上有许多小酒馆（凉棚）。

木凳上放着三个葫芦酒盅,

在这舞台上面,合唱的嘴唇

刚刚举起金色甘蔗酒的圣餐。

远处,茅屋里吹起一缕炊烟

散发着梦和马厩的味道,

似乎挖掘出了另一片天。

二

沉思的老妇,宛如一块

前印卡时代的浮雕,不停地纺线;

在她"母亲"的指间,轻盈的纺锤

将她晚年灰色的毛线修剪。

她那双雪白的僵化的眼睛,

失去刺眼光辉的盲目的太阳……

嘴上挂着一丝蔑视,在叛逆的平静中

或许在将帝国的疲惫守望。

冥思苦索的橡胶树,失意的

披头散发的印加诗人,

这愚蠢十字架的古老惩处,

已经在羞愧的时刻逃走,

这是个焊接粗野镜片的湖

落水的曼科－卡帕克*在那里啼哭。

* Manco-Cápac 是印加帝国的国王。

三

耕牛走在通往特鲁希略的路上

像古老的酋长,沉思冥想……

对这生锈的暮色,

像为失去领地而哭泣的国王。

我在城垣上站立，思考着

福祸交替的规律；

在耕牛寡妇般的眼神里

无时不在的梦想已腐烂下去。

耕牛经过的村庄，一片灰茫茫，

一声奶牛的哞叫

渗透着死的激动和梦想。

在含碘的蓝天的宴席上

在小铃似的圣杯中

一只被流放的古老猎隼*在哀鸣。

*原文中的CORA-QUENQUE是克丘亚语，是一种隼，其羽毛用来装饰印加王的王冠。

四

枯萎的绊根草，朴实、隐居，

扼杀了我不知情的无名的抗议；

好像诗人耗尽的魂灵

被吓成一脸失败的表情。

凉棚雕出了他的身影,

孤独而又破损的尸体的牢笼,

在陶俑雕像的厌烦中

我生病的心获得了平静。

在他无赖的小丑的面具中

传来被划破的海洋无盐的歌声,

窒息者口吐白沫并上下翻腾。

雾气为山头纺一条丁香的纱带

在大海的憧憬中化作城墙

像一位印加巨人在守望。

路的祈祷[*]

> * 拉雷塔认为该诗作于1917年中期。

我不知这是给谁的痛苦!

太阳神啊,你正在消亡,

请将它带走,并像淌血的耶稣一样,

将我波希米亚人的痛苦挂在他的胸膛。

   峡谷是苦涩的黄金;

   旅途悲伤而又漫长。

你可听到? 一把吉他在吵嚷。肃静!

你的种族,是可怜的老妇人,

当知道你是贵宾而且人们仇恨你时,

她将愚蠢的肿块嵌入自己的脸庞。

   峡谷是苦涩的黄金,

   灾难何等的漫长……漫长……

道路泛着蓝色,河水在狂吠……

垂下那出汗而又寒冷

凶猛而又畸形的前额。开裂的苹果

从人性的剑上坠落!

在神圣黄金木乃伊的峡谷

汗水的火焰哭泣着被熄灭!

只剩下诗句滋养的时间的味道,

为了神圣大理石的幼苗

它们继承了我心中腐烂的百灵

那含金的歌声!

逝去的恋歌 *

*该诗 1918 年作于利马。诗中的丽塔是诗人邻居家的女孩。

此时此刻，我温柔的安第斯山姑娘丽塔

宛似灯心草和灯笼果，在做什么？

拜占庭令我窒息，血液在昏睡，

像我心中劣质的白兰地。

傍晚时分，她后悔的双手会在何方

将就要到来的洁白熨烫；

此刻，正在降落的雨

使我失去生的乐趣。

她那蓝丝绒的裙子将会怎样？

还有她的勤劳，她的步履

她那当地五月里甘蔗的芳香？

她会在门口将一朵云彩眺望，

最后会颤抖着说："天哪……真冷！"

一只野鸟正啼哭在瓦垄上。

雷　声（选8首）

团圆筵*

今天无人来询问；

傍晚也无人向我要任何东西。

在如此欢快、光彩的队列里

连一朵墓地的花都没见到。

主啊，请饶恕我：我死得太少！

今天傍晚大家，大家都走过

既无人问我也无人向我要什么。

我不知有什么被人们忘记，而且

作为别人的东西，不该留在我手里。

---

* 该诗在1918年初作于利马。团圆筵（ágape）又称爱筵，是早期基督徒表示兄弟情谊的会餐。

我走到门口，

想对众人喊叫：

倘若你们怀念什么，它就在此地！

因为在今生所有的傍晚，

我不知什么样的门通向一张面孔，

有什么他人的东西掌握了我的心灵。

今天谁也没到；

今天傍晚我死得太少！

我们的面包 *

致阿莱汉德罗·甘博瓦

饮早餐……坟墓的湿地

散发着可爱的血的味道。

冬天的城市……腐蚀性

十字架的大车好像拉着

戴着镣铐的空腹的感动!

真想去敲所有的门,

并问一问我不知姓名的人;

然后见到穷人们,静静地哭泣,

将新鲜面包片儿给所有人。

用神圣的双手

掠夺富人们的葡萄园

借着闪耀的光芒

---

* 该诗于1917年7月21日发表在特鲁希略《改革》杂志的"文学星期六"专栏,附有何塞·玛利亚·埃古伦的一封表扬信。发表后曾引起热烈的评论。

拔掉十字架上的钉子展翅飞翔!

清晨的睫毛,你们莫抬起!

请给我们每天的面包啊,

上帝……!

我的骨骼都不是自己的;

或许是偷来的!

难道留给自己的东西

是分配给别人的;

我想,要是自己没出生,

别的穷人会喝这杯咖啡!

我是可恶的小偷呀……无地自容!

在这冷酷的时刻,土地

散发人类尘埃的气味,而且那么悲伤,

我或许去敲所有的门,

请求我不知姓名的人,原谅,

给他做新鲜面包片儿

在这里,在我心灵的炉膛……!

悲惨的晚餐 *

我们要等到何时人们才不欠

我们东西……在哪个角落

我们可怜的膝盖才能得到永久的休息!

何年何月鼓舞我们的十字架才停止苦役。

要到几时可疑之神才使我们的苦难

得到补偿……

      我们已久久地

坐在桌旁,身边的婴儿难熬午夜,

饥饿痛哭,难入梦乡……

要到几时,大家才能用过早餐

当我们在永恒早晨的边缘与人相见。

我从未叫人把自己带到这里,

这泪水的深渊要持续到哪一天!

     我用双肘支撑,

* 该诗于 1917 年 8 月 25 日发表在特鲁希略《改革》杂志的"文学星期六"专栏。

以手掩面，垂头丧气，浸在泪水里边：

这悲惨的晚餐还要持续多少时间！

有人在痛饮之后，在嘲笑我们，

时而靠近，时而走远，像盛着人类

苦难本质的黑色汤匙——坟墓……

　　　　坟墓昏暗

更不知道这晚餐将持续多少时间！

为了我爱人罕见的灵魂

亲爱的:你从不愿让自己的

造型,满足我神圣的爱情。

　　宛如上帝的存在,

　　请留在祭品中,

　　盲目而又无法触碰。

如果说我为你唱得很多,我为你哭得

更多,啊,高尚的寓言,我的爱情!

　　请留在头脑,

　　留在我心灵

　　无限的神话中!

信仰是锻炉,我在那里

将强大女性的泥土之铁烧灼;

我想在冷酷的铁砧上将你打磨。

　　请留在永恒的

星空，那里，

在不可能之温柔的五味杂陈中。

倘若你从来不愿置身于

我的爱之玄妙的激情，

　　请不要再将我

　　　作为罪犯折磨。

永远的洞房*

只有当它不再是爱,爱才坚强!

坟墓是一座伟大的眸子,

爱的苦闷在它的深处

哭泣并幸存,宛似在一个甜蜜永恒

和黑色黎明的圣杯中。

双唇在抽搐,为了亲吻,

如同什么东西饱和、溢出并凋零;

就像激情四射的结合,

每张口为了另一张口

放弃一个挣扎着的生命的生命。

当我这样想时,坟墓便是温柔之乡

大家终将在那里互相渗透

沉浸在同一声巨响;

阴暗也温柔,大家在爱的

普遍相约中聚首。

* 该诗于1917年6月23日发表在特鲁希略的《改革》杂志的"文学星期六"专栏;后被利马的《时代》杂志转载。

永恒的骰子 *

献给曼努埃尔·贡萨莱斯·普拉达†,

这是大师为我热情鼓掌的诗作之一。

上帝啊,我为自己的生存而哭泣;

我为吃了你的面包而感到沉重;

但这可怜的会思考的泥巴

不是你肋上发酵的痂:

玛丽亚们不会离你而去‡。

上帝啊,如果你是人

今天你就知道如何做上帝;

然而你,一向处境优裕,

对你的创造无动于衷。而人,

是的,在忍受你:他就是上帝!

---

* 该诗最初于1918年3月23日发表在特鲁希略的《星期》杂志。

† 曼努埃尔·贡萨莱斯·普拉达(1848—1918)是秘鲁著名诗人和散文家;1891年,他创建了秘鲁第一个激进的政党——民族团结党。

‡ 研究巴略霍的学者们认为,这首诗与玛丽亚·罗莎·桑多瓦尔之死有关;她是诗人的女友,于1918年病故,年仅24岁。

今天有蜡烛在我迷人的眼睛里

如同在一个被判入地狱者的身体,

上帝啊,你将点燃所有的蜡烛

我们将用那古老的骰子游戏……

"玩家啊!"或许当整个

宇宙的运气出现,

却冒出"死神"的两个眼圈,

两个烂泥巴的倒霉的"独眼"*。

上帝啊,今天这无声、黑暗的夜晚,

你不能再玩了,因为地球

是一个被啃过的圆形的骰子

强行向着风险滚动,

它只能停在一个空洞,

一个巨大的坟坑。

* 原文中的"dos ases"指骰子中的"一个点",儿时在农村见过人们掷骰子,掷出"一个点"是最倒霉的,是一个涂成红色的"坑",人们戏称为"眼儿坑"。

雨　水*

利马……利马在下雨,

多么致命的

痛苦的脏水！你的爱

漏下来的水。

请你不要假装入梦,

想一想你的诗人在心中;

我懂了……我懂

你的爱需要人性的平衡。

神秘甜点上的雷鸣

暴风雨虚伪的宝石,

巫术在你说"是"的口中。

下吧,下吧,暴雨

下在我小路上的棺材里,

我在那里坚持到底,只为你……

* 诗人于1918年因怀念女友"爱神木"而作,利马是一座终年无雨的城市。

上　帝*

> *埃斯佩霍认为该诗作于 1917 年 12 月 27 日至 30 日间，诗人从特鲁希略乘船赴利马途中；拉雷塔认为作于 1918 年 1 月。

我感觉上帝如此行走

在我身上，伴着下午和海洋。

我们和他一起走。夜在降临。

我们和他一起入夜。无依无傍……

但是我感觉到上帝。甚至觉得

他好像给我口授了什么美好的颜色。

像一位好客者，善良而又忧伤；

恋人温柔的轻蔑在凋零：

心会使他很痛。

啊，我的上帝，我刚刚到达你，

今晚我有何等的爱意；今天

在一些胸脯虚伪的天平上

我衡量一个脆弱的"创造"并为之哭泣。

而你,哭什么呀……你,爱恋着

那么巨大的旋转的胸怀……

我奉你为上帝,因为你那么爱;

因为你从不微笑;因为心灵

总是令你十分悲哀。

家庭之歌（选4首）

发烧的花边 *

沿着墙上挂着的圣徒们的画像

我的双眸拖着一声黄昏的叹息；

我的生命接受"空虚"懒散的造访，

在一阵发烧的颤抖中，交叉着双臂。

一只哭泣的苍蝇落在疲惫的家具上

我不知它要表述什么灾难性的神话：

一个逃匿的受攻击的"东方"的幻想；

一个出生即死去的云雀的蓝色的巢房。

我父亲坐在一个古老的扶手椅上。

我母亲像耶稣受难时的圣母，出来进去。

* 该诗应在1916年初，病后，作于圣地亚哥·德·丘科（诗人家乡），最早于1916年9月23日发表在特鲁希略的《工业》报上。令人惊奇的是巴略霍死于疟疾，正是年轻时患过的疾病。

看见他们，我感到某种不愿离去的东西。

因为在科学制造的供品即圣饼之前，

上天制造的供品已在那里出现。

看望诞生，帮我使生活美满……

遥远的脚步 *

* 埃斯佩霍认为该诗作于特鲁希略；而拉雷塔认为作于利马（1918）。

父亲在沉睡。威严的面孔

表明平静的心灵。

此时此刻他多么甜蜜……

只能是我——如果有什么苦涩的东西。

家中一片沉寂；人们在祈祷；

今天没有孩子们的消息。

父亲醒来，聆听逃往埃及

那依依惜别的话语。

此时此刻他多么近啊……

只能是我——如果有什么遥远的东西。

母亲漫步在果园里，

嗅着已经不存在的气息。

现在她是那么温柔，

那么出神、爱抚、飘逸。

家中一片沉寂，没有喧闹，

没有消息，没有天真，没有稚气。

如果有什么波折在傍晚降临并瑟瑟有声，

那就是两条白色的古道，弯弯曲曲。

我的心正沿着它们走去。

悼亡兄米格尔*

> *米格尔是塞萨尔最小的哥哥,死于1915年8月22日。

哥哥,今天我坐在咱家的石凳上,

没有你,我们感到无限的忧伤,

记得此时咱们正在玩耍,

"可是,孩子们……"母亲抚摸在我们身上。

像往常一样,现在轮到我躲藏,

大家都在做晚祷,

无论在客厅、门房或过道

我总不愿被你们找着。

然后轮到你躲藏,我同样找不到。

哥哥,记得在这个游戏里

我们都曾使对方哭泣。

米格尔,在八月的一个晚上,

破晓时你去躲藏;

可这一回你没有欢笑,只有忧伤。

在那些令人窒息的傍晚

你孪生的心因找不到你

已经厌烦。灵魂上笼罩着黑暗。

喂,哥哥,快出来吧。

行了!母亲会放心不下!

明摆着……*

在我出生的日子

上帝生了病。

所有人都知道我活着,

我坏;可不知道

那个十二月一月的事情。

因为在我出生的日子

上帝生了病。

有一个空白

在我玄妙的

谁也摸不到的气氛里:

寂静的走廊

以火的花朵言讲。

在我出生的日子

* 按照拉雷亚的说法,该诗作于1918年12月或1919年1月,后补充到《黑色使者》,作为《家庭之歌》的最后一首诗。

上帝生了病。

哥哥,你听,你听……

好吧。不带走十二月

不放弃一月,

我不走。

因为在我出生的日子

上帝生了病。

所有人都知道我活着,

我在咀嚼……可不知道

为何在我的诗句中发出吱吱声,

灵柩昏暗的淡而无味,

沙漠中好提问的斯芬克斯*

展开的呼呼作响的风。

所有人都知道……可不知道

"光明"患了肺结核,

> *希腊神话中带翼的狮身人面女怪。

"黑暗"是胖子……

不知道"神秘"概括为……

它是音乐和悲哀的驼背

在远处用"界线"揭露

界线正午的脚步。

在我出生的日子

上帝生了病

而且很严重。

特里尔塞

（1919—1920）

选 20 首

＊这首诗作于狱中，时间在1920年11月6日至1921年2月26日。据说这是一首写清肠的"排便"之诗。(译者只能如此大体直译)

I＊

谁那么大张旗鼓，都不让

留下的岛屿立遗嘱。

再多一点考虑

就晚了，早，

人们会更好地

鉴定排泄物，它不愿

提供腐臭而又宝贵的东西，

在岛屿的心中，

咸的鹈鹕，对每个玻璃群体。

再多一点考虑，

液体的腐殖质，下午六时

"最傲慢之事"。

半岛站立在背后,

戴着箍嘴,毫不惊慌,

在平衡致命的路上。

II *

时间　时间

正午停滞在夜露里面。

军营令人厌烦的炸弹缩小

时间 时间 时间 时间。

从前　从前 †

雄鸡徒劳地刨并唱个没完。

明亮日子之口在连接

从前 从前 从前 从前

* 这首诗是在特鲁希略狱中写的,时间在1920年11月6日至1921年2月26日之间。

† 原文中的 Era,是动词"是"的过去未完成时,在此只好译作"从前"。

明天　明天

宁静依然是热的

现时在考虑对我的照看,为了

明天 明天 明天 明天

姓名　姓名

使我们毛发倒竖之人怎么称呼?

他叫"全相同",在忍受

姓名 姓名 姓名 "姓名"*。

* 原文中的名字（nombrE）的最后一个名字是大写。

III *

* 该诗作于1919年，可能作于狱中或在狱中修改过。

大人们

几时回还？

盲人圣地亚哥†在敲六点，

天色一片黑暗。

† 圣地亚哥实有其人，在教堂敲钟，此处语意双关：诗人的家乡叫圣地亚哥·德·丘科。

母亲说不会迟延。

阿戈蒂塔、纳蒂娃、米格尔‡，

去那里要小心，

他们的记忆刚刚从那里经过

嘟囔着双倍的忧伤，

走向寂静的畜栏，

母鸡还都躺在那里，

惊恐不堪。

‡ 在诗人的11个兄弟姐妹中，阿戈蒂塔、纳蒂娃、米格尔是与他年龄最接近的。

我们最好就待在这里。

母亲说不会迟延。

我们已不再痛苦。我们看见

一条条小船,我的那条最美观!

我们没有像往常一样打架,

整个圣日都在玩着那些小船:

它们浮在水池里,

装载着明天的糕点。

我们无可奈何,乖乖地等候

总是抢先的大人们

回来并道歉,

他们让小孩在家里留守,

似乎我们

   总也不会出走。

阿戈蒂塔,纳蒂娃,米格尔?

我在黑暗中摸索着呼喊，寻觅。

别把我一个人丢下，

只有我一个人被关在这里。

IX *

> *按照埃斯佩霍的说法,该诗作于1919年。这是一首描述性爱的情诗,诗中的"她"当指奥蒂利娅。

我重又寻求突然出击。

她那两片宽叶,敞开

阀门,丰润的接待

倍增的倍增,

她制造欢乐的卓越本性,

都是真情。

我寻求再突然出击。

在她的恭维中,以三十二条电缆及其翻倍

冲突于玻利维亚的荆棘崎岖,

那至高无上的双唇

两卷"大作",<u>丝丝</u>收紧,

于是我不在缺失中生存,

　　也不用触须牵引。

我突然出击乏力。

再也无法将那强劲的粘稠驾驭

这是自我主义

和床单致命的游戏,

而这女子

　　　　　体重非常人可比!

女性是那缺席女子的灵魂。

女性是我的灵魂。

XIII*

我想着你的性。

简化的心灵,面对白昼

成熟的女生,我想着你的性。

我触摸幸福的花蕾,它正旺盛。

一种古老的情感死去

蜕变在脑髓中。

我想着你的性,这比"幽灵"之腹

更和谐更具繁殖力的田垄,

尽管死神是上帝

孕育并生成。

良知啊,

我在想,是的,在想

那无论何时何地尽情享乐的畜生。

---

* 埃斯佩霍认为该诗作于1919年,也可能作于狱中。显然是诗人对奥蒂利娅的怀念。诗作的最后一行 ¡Odumodneurtse! 不是西班牙语单词,而是前一行诗 Oh estruendo mudo 的反写。

啊，朝夕甜蜜的丑事，

啊，无声的轰鸣。

啊，轰鸣的无声！

XIV*

*作于 1921 年。在这一年的 3 月,诗人出狱后,从特鲁希略来到利马。

如同我的解说。

它早伤害了我。

那沿着波浪爬坡的情景。

那些凶猛的渺茫的畜生。

那向里粘贴水银的胶水。

那朝上坐的屁股。

不可能,却成功。

荒唐。

癫疯。

但是我从特鲁希略来到利马。

†索尔(Sol)是秘鲁的货币单位,本意是"太阳"。诗人写的是日出的场景和自己内心的感受。

但是把五个索尔*挣到手中。

XVII*

> *据埃斯佩霍,该诗写于 1919 年;按诗人的启示,日期应是 6 月 21 日,但这又和埃斯佩霍的另一说法不符,即该诗是写给情人奥蒂利娅的,因为他们在 1919 年 5 月底就分手了。

只在一个炉中蒸馏这个 2,

我们俩将它提纯。

谁也没听见我。滚烫的槽痕,

民间的咒文。

清晨像第一个

和最后一个排出的卵石

不用神秘之力摸索着前行。

清晨脱下鞋子。

泥土穿上袜子

马马虎虎,在灰色的物质中。

脸庞不晓得脸庞,

也不晓得约会。

不向空虚处摇晃。

弄错了奋进的锋芒。

六月,你属于我们。六月,

我哈哈大笑,停在你的肩膀,

弄干我的米尺和口袋

在你季节的 21 个指甲上。

好啊!很棒!

XVIII*

噢,牢房的四壁。

啊,四面发白的墙壁

对这个数字,没有一点脾气。

可恶的分裂,神经的压抑,

从它的四个角落里,

每日如何伸一伸戴着镣铐的肢体。

掌管无数钥匙的慈爱的夫人啊

要是你在这里,要是你能看见

这四面要存在到何时的墙壁。

面对它们,我们在一起,我和你,

空前地在一起。你不会哭泣,

请说啊,女解放者!

* 该诗作于狱中,时间在 1920 年 11 月和 1921 年 2 月间。据埃斯佩霍说,巴略霍出狱后,在朋友中朗诵了《特里尔塞》的几首诗;这首诗他几乎是哭着朗诵的。

啊，牢房的墙壁。

另外两面长长的墙壁

今晚比它们更使我痛心

有点像死去的母亲

每人领着一个孩子

从陡坡坠落。

我独自留在这里，

只用右手，将双手顶替，

高高举起它，寻找那第三只手臂

它要在我的"何时"与"何地"

之间，照看男子汉莫大的残疾。

XXIV*

* 按照埃斯佩霍的说法,该诗于1920年作于曼希切(Mansiche)。

在一个鲜花盛开的墓旁

两个玛丽亚哭着走过,

泪水似海洋。

记忆中脱了毛的鸵鸟

伸展它后面的羽毛,

佩德罗否定的手掌

用它在花束的星期天

刻上葬礼与石子的回响。

从一个被搅动的墓旁

两个玛丽亚歌唱着走向远方。

星期一。

XXVII*

*按照埃斯佩霍的说法,该诗作于1919年。

那喷涌令我恐惧,

美好的记忆,强有力的先生,

摸不着的残酷的甜蜜。令我恐惧。

我对这个家十分满意,这不知

身在何处之人的满意之地。

咱们别进去。通过飞翔的桥梁

几分钟的回归,这恩赐令我惊慌。

我不向前,温柔的先生,

勇敢的记忆,悲伤的

骨架在歌唱。

这迷人之家,有何内容,

使我一次次化作水银的亡灵,

用铅堵死了我

返回枯燥现时的路径。

那喷涌不知我们会怎样,

令我恐惧,惊慌。

勇敢的记忆,我不向前。

金发骨架悲伤,口哨声声作响。

XXVIII[*]

此刻我独自吃午饭,没有母亲,

没有要求,没有"吃吧",没有水,

也没有父亲,以往在嫩玉米丰盛的

祈祷词中,为了他姗姗来迟的形象,

他会问起那声音如何压轴收场。

我怎么吃这午饭。这些遥远

陌生的杯盘,叫我如何用餐?

当自己的家庭已经离散,

"母亲"二字已不在唇边

我还吃的什么饭!

我是在一个好友家的桌旁

和他刚从外面回来的父亲共进午餐,

[*] 作于1920年1月至3月间。据诗人的朋友埃斯佩霍讲,在1919至1920年间,诗人经常在朋友的姑姑家吃午饭。有一次,他来晚了,只好自己吃,于是想起了远方的家和去世的母亲。

还有他白发的姑姑们

宛似陶瓷重彩的鸫鸟

从所有鳏居的齿龈窃窃而谈;

光洁的餐具发出悦耳的声音,

因为在自己家。这是何等的开心!

而餐桌上的这些刀具

却将痛苦留在了我整个牙龈。

这些餐桌上的食品,体现了

别人的而非自家的爱,

母亲不再献上的美味化作了乡音,

艰难的吞咽变成了搏斗,

甜变成了苦涩,咖啡成了葬礼的灯油。

当自己的家庭已经解体,

母亲的"吃吧"不会从坟墓

从黑暗的厨房

和爱的匮乏里走出。

* 该诗在 1919 年作于利马,诗人和奥蒂利娅失恋时期。

XXXIV*

奇异人结束了,和他一起,夜

已深,你回去时唠唠叨叨。

已不再有人将我等候,

我的处境已准备就绪,坏即好。

热情洋溢的傍晚结束了;

你伟大的港湾和叫喊;

和你母亲已经结束的谈话

她献给我们的茶充满了傍晚。

终于一切都结束了:假期,

你的胸脯的顺从,你

求我不要外出的语气。

年幼人结束了,为了

我在无限痛苦中成熟的年龄

和我们这样无缘无故的诞生。

XXXVII*

＊埃斯佩霍认为这首诗作于1919年最后几个月。诗人此前曾作过一首题为《舞台》的十四行诗，与本诗大同小异，诗中"可怜的姑娘"显然指恋人奥蒂利娅。

我认识了一个可怜的姑娘

并将她引领到舞台。

她的母亲，她那么和蔼可亲的姐妹

还有那位倒霉鬼"你别再来"。

由于交易美妙地进行，

旺盛的气氛将我围笼。

未婚妻化作水，

常在我面前哭个不停

她没有学会的爱情。

我喜欢她腼腆的马里内拉舞蹈

转圈时会加上谦卑的调料，

她的手帕在怎样描绘那些符号

伴随着高莎草舞的曲调。

当我们两个嘲弄那位堂区神父,

那打扫干净的场面

以及我的和她的交易统统破产。

XLI*

* 该诗作于狱中。

死神流着白色的

并不是血的血跪倒。

散发着保障的味道。

我已经想笑。

他在那里叨咕什么。静悄悄。

有人在一旁打着勇敢的口哨,

甚至有人在两侧成对地数着

相互思念的二十三根肋条†;

同样成对地数着,整行

受到保护的一根根肋条。

与此同时,作为鼓手的警察

(我又一次想笑)

为了报复,对我们施以棍棒,

† 按照《圣经》的说法,男人(亚当)有二十三根肋骨,因为有一根用来做夏娃了。

打呀 打呀,

从耳膜到耳膜

敲

    敲

        敲。

XLV*

*该诗作于1919年。

我和大海脱离关系

当水来到我身边。

我们总在离开。让我们品尝

美妙的歌声,这歌声出自

欲望下面的双唇。

啊,奇妙的童贞。

无盐的海风吹过。

对回头浪按键的狩猎

我嗅着精髓在远处

聆听深邃的估量。

倘若我们这样将鼻子

置于荒谬中,我们将用

空空如也的黄金覆盖

并孵化黑夜

尚未出生的翅膀,

这白昼孤儿翅膀的妹妹,

已被逼不再是翅膀。

LI*

*该诗作于狱中，约在 1920.11.6 至 1921.2.26。诗人自己说，"怀着幽默与柔情，描述特鲁希略的监狱长"。

牢头每天四次

摆弄挂锁，将我们的胸骨

合上又打开，他一挤眼睛

我们全明白。

老家伙站在那里，可怜又可爱，

像个特别邋遢的孩子，

屁股又傻又呆。

他和犯人们打闹，甚至将拳头

放到腹股沟。甚至开心地

啃那块硬面包；但忠于职守

向来一丝不苟。

他将无形的关键

置于铁栏间,

只是将小拇指竖起,

伴随我所说

所食

所梦的痕迹。

"罗锅"*不想让我们有任何私密,   *指牢头是驼背。

这牢头的企图,使我们何等痛苦。

像时钟的机制,老狱卒

极其准时,在生物钟的领域

像数学家†一样精细!只有   †原文中的 pitagórico 指的是像古希腊哲学家、数学家毕达哥拉斯(Pitágoras),此处是意译。

从傍晚到深夜,夜里

他才有某种本质的回避。

但是,不言而喻,

对于职责,他一向严于律己。

LVIII*

*该诗作于狱中，已具有鲜明的超现实主义特征。

在牢房，在固体，

也蜷缩在角落。

我不断调理

衰老、弯曲、破损的赤裸。

从气喘吁吁的马上下来，

它打着耳光和地平线的响鼻；

冒泡的脚抗拒三只蹄。

我帮助它：畜生，用力！

在牢房，在液体，

轮到我的回报

会变少，总是变少。

狱中的难友用我的勺子

吃着山坡的小麦，

在我父母的餐桌旁，孩子，

睡梦中吃得正香。

我提醒那另一位：

回来，从另一个路口出去；

抓紧……赶快……立即！

我可能在不经意间提出主张

可以放散了架的、好心的陋床：

你别信。那位医生的为人很健康。

我将不会再笑

童年时和星期日

当母亲在凌晨四点钟

为路上的人们，

狱中的人们，

生病的人们

和穷人们祈祷。

在孩子们的圈里,我将不会再用

　　　拳头

打任何一个,然后,他或许还

　　　流着血

哭着说:下个星期六

我把吃的肉给你,

但你不要打我!

我不会再对他说"好啊"。

在牢房,在无限的气体

直至在收缩中圆满,

谁会在外面碰见?

LXIII*

* 据说该诗在1920年作于曼希切的别墅，诗人在那里躲避当局的搜捕；也有人认为作于诗人的家乡圣地亚哥·德·丘科。

天亮时在下雨。梳理好的

清晨弄脏了秀发。

伤感被捆绑；

在印度家具氧化的涂料上，

命运几乎没有就坐和转换方向。

伟大的爱陌生的

高原的天空，白金的天空，

恶狠狠到不可能。

牛群在倒嚼并突出

安第斯山的嘶鸣。

我想到自己。但是有风的旗杆

就够了,破损的舵

甚至可以自顾,还有可恶的蟋蟀

和小气的打不破的肘部。

当我出去并将十一点

和那不合时宜的十二点寻觅,

有山地漂亮的沥青

那自由的辫子的清晨足矣。

LXV*

母亲，明天我要去圣地亚哥，

沐浴你的祝福和哭泣。

我在将自己的觉醒安放

还有虚伪运送的玫瑰色创伤。

你令人惊讶的拱门等候着我，

还有一根根立柱，被你结束生命的

焦虑修剪过。等候我的院落，

下面的走廊放着节日的玉米饼和花饽饽†。

我那把教师椅等候着我，

那可爱的经历过改朝换代的大颚骨的家具，

用爬藤似的皮条系住，

只为抱怨玄孙们的臀部。

* 这首诗作于1918年，诗人的母亲去世（同年8月8日）不久。也有人认为，这不可信，倘如此，诗人应将其收入《黑色使者》中的《家庭之歌》，因此该诗可能作于1920年，诗人准备回家乡的时候。

† 用模子刻出来的各种花色的糕饼。

我在筛选自己最纯洁的爱意。

我在轴心，你没听见探测的喘息？

没听见将靶心击中？

我在塑造你爱的模式

为了这地面上所有的空洞。

啊，倘若拥有无声的方向盘

为了最遥远的地段，

为了最与众不同的见面。

就是这样，不朽的女人。就是这样。

在你血液双重的拱门下，就连我父亲

为了去那里，经过时

都要高高踮起脚尖，

谦卑得甚至如同你的第一个婴孩，

甚至不及男人的一半。

就是这样，不朽的女性。

你骨骼的柱廊

即使哭泣也不会倒下，

在它旁边

连命运也不敢碰它。

就是这样，不朽的女性

就是这样。

LXXVII*

> *这是《特里尔塞》的最后一首诗，1919年作于利马。

如此下冰雹，好像要我

增加对珍珠的记忆

那是我从每一场暴风雨口中

所采集。

不要让这场雨干得无影无踪。

除非让我此刻

倒在雨中，或者

将我葬在水里

而那水是从所有的火中喷涌。

这雨将在何处碰到我？

我担心自己会留在某个干燥的舷侧；

担心她会离去，而没有在

不可思议的声带的枯燥上考验我,

通过声带

是为了产生和谐,

总是向上,从不下降!

我们不上升难道是为了下降?

歌唱吧,雨水,依然在没有大海的岸上!

散文诗

选 8 首

时间的暴行

都死了。

安东尼娅夫人死了,她声音沙哑,在村子里做廉价面包。

圣地亚哥牧师死了,令他高兴的是青年男女向他致意,他一视同仁地回答大家:"你好,何塞!""你好,玛丽娅!"

金发女郎卡洛塔死了,抛下几个月大的孩子;母亲死后八天,也死了。

我的阿姨阿尔比娜死了,她在过道里为伊希多拉做针线活时,常常歌唱田庄的岁月和时尚。她是一位职业佣人,体面的女性。

独眼老人死了,他的名字,我不记得了,不过他上午坐在街头白铁铺门前,晒太阳,打瞌睡。

那条叫"光线"的狗死了,它和我一样高,受了枪伤,不知谁打的。

我那腰腿失灵的姐夫卢卡斯死了,我只记得下雨时的他,不记得那时的任何人。

母亲在我玩左轮手枪时死了,姐姐在我握拳时死了,哥哥在我内脏出血时死了，三者被痛中之痛连在一起，在连续几年的八月。

音乐家门德斯死了，高个子酒鬼，常伴着单簧管忧郁的声音视唱，我们小区的母鸡都在他发音吐字时瞌睡，那时太阳还远未离去。

我的永恒死了，而我在为它守灵。

生命最危急的时刻

一个人说:"我生命最危急的时刻是在马尔纳战役中,当时我胸部负伤。"

另一个说:"我生命最危急的时刻,发生在亚科哈玛海啸时,我躲在一个漆器店的屋檐下,奇迹般得救。"

另一个说:"我生命最危急的时刻发生在大白天睡觉的时候。"

另一个说:"我生命最危急的时刻是在我最孤独的时候。"

另一个说:"我生命最危急的时刻是在秘鲁一个监狱的牢房里。"

另一个说:"我生命最危急的时刻是冷不防被父亲撞上。"

而最后一个说:"我生命最危急的时刻还没到来呢。"

说说希望

我不能像塞萨尔·巴略霍似的,受这个苦。现在我不像艺术家,不像人类甚至不像生物那样受苦。不像天主教徒、穆斯林、无神论者那样受苦。今天我是独自受苦。即使我不叫塞萨尔·巴略霍,照样受苦。即便不是艺术家,照样受苦。即便不是人甚至不是生物,照样受苦。即便不是天主教徒,不是无神论者也不是穆斯林,照样受苦。今天我在最底层受苦。今天我独自受苦。

我现在受苦,无须解释。我的痛苦如此之深,无须原因但不缺少原因。原因何在?如此重要的,放弃成为其原因的事物在哪里?什么也不是其原因;什么也不能放弃成为其原因。这痛苦因何而生,是自发的吗?我的痛苦是北风和南风刮来的,就像那些稀奇古怪的鸟类在风中下的中性卵。假如我的未婚妻死了,我的痛苦就会是这样。总之,就算生活是另一种方式,我的痛苦也一样。今天我从更高层受苦。今天我独自受苦。

我注视饥饿的痛苦并看到其饥饿和我的痛苦有多么大的差距,因为从空腹至死亡,至少总会有一棵小草从我的坟墓长出。恋人亦如此。和我的既无源又无流的血液相比,她的血液更有生命力!

我至今相信,世上万物都不可避免地是父亲或儿子。然而在此我今日之苦既不是父亲也不是儿子。对傍晚,它缺少后背,对黎明,它的前胸又有余;置于黑暗处它不会发光,置于光明处它又没有阴凉。无论如何,今天我在受苦。今天我在独自受苦。

生命的发现

先生们！今天我第一次发现生命存在。先生们！我请求你们给我片刻的自由，好品尝生命这原生而又新鲜的美妙的激动，因为今天我第一次心醉神迷，幸福得热泪盈眶。

我的得意来自前所未有的感动。我的狂喜来自从未体验过的生命表现。从未体验过。谁要说体验过，那是撒谎。撒谎而其谎言会使我受到伤害甚至倒霉。我的得意来自对生命中这亲自发现的信任，对此谁也无法抗拒。否则，舌头会说不出话，骨骼会散架，站在我面前，会冒采用别人的骨骼的风险。

从未有过，只有现在，有生命。从未有过，只有现在，有人经过。从未有过，只有现在，有房屋和林荫道，空气和地平线。倘若现在我的朋友佩伊列特来了，会对人们说我不认识他，我们应重新开始。说真格的，我是何时认识我的朋友佩伊列特的？今天可能是我们第一次相识。我或许会对他说，去吧，回来，进来看看我，似乎他不认识我，就是说，这是第一次。

我现在谁都不认识，什么都不认识。我发现自己是在外国，这里干什么都强调出身，主显节之光永不凋谢。不，先生。不要和那位绅士讲话。您不了解他，如此意外的谈话会惊着他。您别把脚踩在那石子上：谁知那是不是石子，您会踩空的。您要小心，我们处在一个绝对陌生的世界。

我活的时间太短了！我简直刚出生，计算我年纪的单位还没有呢。我刚出生！简直还没生活过呢！先生们：我多么小啊，连一天还没过完呢！

从未有过，只有现在，我听到了车轮的隆隆声，它们在运送修建奥斯曼大道的石子。从未有过，只有现在，我与春天同行，对她说："死亡要是另一回事……"

从未有过，只有现在，我看见太阳照在圣心教堂穹顶上的金光。从未有过，只有现在，一个孩子走近我，用他的口深情地看着我。从未有过，只有现在，我知道了有一个门，另一个门和遥远热情的歌声。

放开我吧！生命给了我死亡中的一切。

骨骼名册

那时有人大声要求：

——请同时展示双手。

这不可能。

——在他哭时，量他的脚步。

这不可能。

——在"零"无用时，考虑相同的想法。

这不可能。

——做个疯狂举动。

这不可能。

——在他和另一个同类之间，插入一个

　和他相同的人群。

这不可能。

——拿他和他自己作比较。

这不可能。

——总之,用他的名字叫他。

这不可能。

已无人在家中生活……

你对我说：已无人在家中生活；所有人都走了。客厅，卧室，庭院，空荡荡的。没有人了，所有的人都离开了。

我告诉你：有人走，就有人留。有人从那里经过，那里就不孤单。只有在无人经过之地，人才会孤单。新房比老房更无人气，因为墙壁是石头或钢铁的，没有人气。一座房屋面世，并非始于建成之时，而是始于有人居住。房屋如同坟墓，只供人居住。房屋和坟墓均不排斥的相似由此而来。区别只在于滋养房屋的是人的生命，而滋养坟墓的是人的死亡。因此前者是站着的，后者是躺着的。

实际上，所有人都离开了，但他们也真的留下了。留下的并非他们的记忆，而是他们本人。也并非是他们留在家里，而是他们依然为了家而存在。功能和行动离家而去，乘火车或飞机，骑马或步行，抑或是匍匐前进。家中的机制依然，是行动和传承的代理人。步履，亲吻，宽恕，罪过，都走了。依然留在家中的是脚，唇，眼睛，心灵。是与非，善与恶，分开了。依然留在家中的是行动的主体。

伤残者

有个伤残者，不是由于战斗，而是由于拥抱，不是由于战争而是由于和平，是在正常生活进程而非事故，在自然范畴而非人为混乱，是在爱情而不是在仇恨中，失掉脸面的。皮克特上校，"面创伤员协会"*会长，嘴部被1914年的火药舔过。我熟悉的这个残疾人，脸被永恒而又悠久的空气舔过。

死的面孔在活的躯干上。僵硬的脸被钉在活的头上。这张脸成了头颅的背面，头颅之头颅。有一次，我看见一棵树背对着我，又一次，见到一条路背对着我。一棵背对之树生长在不毛之地，那里既无出生也无死亡。一条背对之路，所到之处会有各种死亡而无任何出生。和平与爱的伤残者，拥抱和秩序的伤残者，将死的面孔置于活的躯干上的伤残者，在背对之树下出生，在背对之路上消逝。

由于面部僵硬并已死亡，此人全部的心理生命，全部的动物表情，深藏不露，外部表情全靠长满毛发的头颅、胸部和四肢。他生命深刻的冲动，出来时，会从脸部退却，而呼吸、嗅觉、视觉、听觉、话语以及人性的光辉，无不通过胸部、肩膀、头发、背部、胳膊、大腿和双

---

* 第一次世界大战后，法国一些面部受伤的士兵，受到冷遇，皮克特上校创立一个"面创伤员协会"，帮助这些伤员得到整容治疗，后发展成为一个社会公益团体。

脚来运作和表达。

面部伤残者，面部被遮盖，被封闭，但此人依然完整，什么也不缺。没有眼睛，能看且会哭。没有鼻子，有嗅觉能呼吸。没有耳朵能聆听。没有嘴，能说笑。没有前额，能思考并能聚精会神。没有下巴，能爱能生活。耶稣熟悉那个机能伤残者，他有眼看不见，有耳听不到。我认识那个器官伤残者，他无眼看得见，无耳听得着。

当网球运动员抛球的时刻……

当网球运动员完美地抛球的时刻,

一种完全是动物的纯贞占据着他;

在哲学家发现新的真理的时刻

他是一个彻头彻尾的畜生。

阿纳托尔·法朗士[*]肯定

宗教感情是人类身上专门器官的职能,

至今无人知晓

因而人们或许会说,在确切的时刻,

一个这样的器官

会充分地发挥作用,

信仰者是如此纯粹的邪恶,

连植物人都会这么说。

[*] 阿纳托尔·法朗士(Anatole France,1844—1924),法国作家、文学评论家、社会活动家。

灵魂啊！思想啊！马克思啊！

费尔巴哈啊！

人类的诗篇

1939

(1923—1937)

全集共 76 首

身高与头发

谁没有自己蓝色的衣服?

谁不吃午饭或乘坐电车

带着雇用来的香烟和衣袋里的苦痛?

我不过是出生!

我不过是出生!

谁不写信?

谁不讲述极其重要的事情,

凭听觉哭泣、依习俗丧命?

我仅仅是出生!

我仅仅是出生!

谁不叫卡洛斯或别的什么姓名?

对于猫,谁不以猫啊猫啊相称?

唉,我不过仅仅是出生!

唉,我不过仅仅是出生!

成双成对

圆满。还有,生命!

圆满。还有,死亡!

圆满。还有,一切!

圆满。还有,空旷!

圆满。还有,世界!

圆满。还有,灰尘!

圆满。还有,上帝!

圆满。还有,无人!

圆满。还有,从不!

圆满。还有,永远!

圆满。还有，黄金！

圆满。还有，云烟！

圆满。还有，眼泪！

圆满。还有，笑脸！……

圆满完全！

一个男人在注视一个女人

一个男人在注视一个女人,

立刻注视着她,

用其奢华土地的恶意

注视她的双手

压倒她的两个乳房

将她的双肩摇晃。

于是我想,压在

那硕大、洁白、坚实的肋部:

这个男人

难道没有一个孩子要成长为父亲?

这个女人,难道没有一个孩子

要成为其鲜明的性的缔造人?

此刻我看见一个孩子，

百脚虫似的孩子，有活力，有激情；

我看见人们看不到他

在两人中作响，穿衣，晃动；

因为我接受他们，

接受她在增长的本性，

接受他在金黄枯草的弯曲中。

于是我喊叫起来，哪管一个人

不停地活命，哪管一个人

不再颤抖在我崇拜的决斗中：

追逐迟来的幸福

父亲、儿子

和母亲*！

家庭、完美的瞬间，

已无人感觉与爱恋！

以何等、无声、红色的眩晕

吟唱最动听的歌声！

* 原文中的父亲(el Padre)、儿子(el Hijo)和母亲(la Madre)的字头均是大写，当指圣父、圣婴和圣母。

在什么样的树干，啄木鸟那么绚丽！

在多么完美的腋下，船桨那么娇气！

多么俊俏的蹄，一对前蹄*！

† 原文中的 casco，本意是"蹄"，据秘鲁几个诗人朋友的解释，此处的"一对前蹄"指女性的乳房。

粗隆的春天

这一次,她精力充沛地将自己的贫穷

拖向我面前豪华的平静,

用厚底靴与我没跟儿的拖鞋相比,

春天就像兀鹫的啄击。

我在挥霍的布匹中将她失去,

在鼓掌的水果中与她游戏;

放好了目的、蠕虫、温度计,

昔日的屈折受了内伤,

在蟋蟀逃跑的叫声中将她等候,带着

长长的指甲和受苦的躯体与她别离。

星星不时的颤栗,

变成黑色母鸡的机遇,

逃亡的春天与我困窘的平民

与我穿着衬衣的心虚

与我苏维埃的权利

和帽子难分高低。

有时是樟木的美味，

带着象征、烟草、世界和肌体，

披肩下转义的吞咽，

伴随着睾丸歌唱的旋律；

我温柔中温柔的天才的激流，

可以抵御石击，只用喘息即可胜利……

花儿别有风味地开放，

约会在听觉荣誉的淤泥中央……

蹦，跳，干脆踢，

可爱的逃遁……冒汗……歌唱……

地 震

说起干柴,我使火沉默?

打扫地面,我忘却化石?

推测着,我的发辫,

我肌体的王冠?(可爱的

埃梅雷吉尔多,粗鲁者,回答;

路易斯,缓慢者,提问!)

在上面,在下面,如此的高度!

纤维王国后面的木头!

伊莎贝尔,带着入口的地平线!

远处,旁边,阿塔纳西奥们诡计多端!

全部,部分!

我盲目地在光线中涂抹我的袜子,

冒险，这危险的伟大的和平，

在思考的蜂蜜里，我的风筝，

身体，在哭泣的蜂蜜中。

提问，路易斯；回答，埃梅雷吉尔多！

在下面，在上面，在一旁，在远处！

伊莎贝尔，火，死者的证书！

地平线，阿塔纳西奥，部分，全部！

蜂蜜的蜂蜜，前额的哭泣！

木材的王国，

我肌体的王冠的纤维，

沿骆驼的路线斜向地切割！

帽子，大衣，手套

面对法兰西剧院，摄政咖啡馆，

一张桌子，一把安乐椅

安置在一个隐蔽的房间。

我一走进，扬起了静止的尘烟。

在我橡胶似的双唇之间，

一支点燃的烟，迷漫中可见

两股浓烟，咖啡馆的胸膛

胸膛中，忧伤的锈迹斑斑。

重要的是秋季移植在秋季中间

重要的是秋季用嫩芽来装点，

皱纹用颧骨，云彩用流年。

重要的是狂嗅,为了寻求

冰雪多么炽热,乌龟多么神速,

"怎样"多么简单,"何时"多么急促!

等到他回来的
那一天……

等到他回来的那一天,我最终的足跟

将从这岩石中诞生,

带着它罪过的游戏,它的常春藤,

它的橄榄,它惊人的生硬。

等到他回来的那一天,依然如故,

带着痛苦瘸子的坦诚,

我的航行从一眼井到另一眼井,

懂得了人要善良才行。

等到他回来的那一天而且要等到

我的同类走在他的法官们中间,

我们勇敢的小指将会长大,在所有的

指头中它风光无限,维护着尊严。

天使的敬意

关于棕榈的斯拉夫人,

侧面向阳的德国人,无休止的英国人

与蜗牛约会的法国人,

曾经出家的意大利人,

神气的斯堪的纳维亚人,

纯粹畜生的西班牙人,宛似地上

被风穿透的天,肩头极限的吻。

但是只有你,布尔什维克,

以胸膛的起伏表明

模糊的轮廓,丈夫的表情,

爱人的双腿,

父亲的面孔,

为了电话的肤色,

与我的灵魂

垂直的心灵，

端正的双肘

还有一本空白的护照

在你的笑容。

为人类而行动，在我们的停顿中，

你在拼杀，竖向沿自己的死亡，

横向沿健康的拥抱，

我看你后来吃饭时，很有味道，

看到野草在你的名词里长高。

因此，我愿接受你学说的温暖，

冒着寒冷而又义无反顾，

接受你追加的注视我们的方式

和你那钢铁的脚步，

那另一种生命的脚步。

布尔什维克，我就拿这土地

散发的残酷家族的弱点来说：

善与恶的私生子

或许徒劳地生，为了让人们说，

你与生俱来的品质给我带来痛苦，

莫大的苦痛，因为你不是不知道

我每天在谁身上迟到，在谁身上

默不作声并失去了一只眼睛。

致行人书

重新开始我兔子的白天,

大象休息的夜晚。

而我在心中说:

这是我倾泻的粗鲁的无限,

这是我愉快的体重,为了鸟儿在下面

将我寻觅;这是我的手臂

甘愿不成为翅膀,

这些是我神圣的文字,

这是我吃惊的狗的睾丸。

阴郁的岛屿像大陆一样为我照明,

当我亲密的悬崖将神殿支撑

而长矛上的代表大会结束了我的游行。

但是当我因生活而不是因时间而死,

当我的两个箱子一起到来,

这一定是我的胃,里面装着我破碎的灯,

这是那个脑袋在我的步履中

赎出的圆的酷刑,这些是心灵

分批清点的那些蠕虫,这是我

孤独的身体,灵魂独自失眠在其中;

这一定是我的肚脐,我在那里

将天生的虱子杀死,

这是我的事情,事情,可怕的事情。

同时,我的制动

抽搐着粗暴地恢复了功能,

宛似我因雄狮的直言而遭受苦痛;

既然我存在于砖的双重权力中

我便带着双唇的微笑摆脱了困境。

矿工们走出矿井……

矿工们走出了矿井,

修理未来的废墟,

将健康与爆炸声捆在一起,

同时在深思熟虑,

以顽症的方式

用喊声将挖掘封闭。

看那腐蚀性的灰尘!

听那高高的氧化物的声音!

口的楔子,口的机械,口的铁砧。

(多么动人!)

他们坟墓的顺序,

他们可塑的规划,他们齐声的回答,

聚拢在红色事故的脚下

苦痛和痛苦的人们,受感染的人们,

他们曾熟悉那被采尽的金属,

那微小、苍白的非金属的愤怒的黄色。

足踏灰鼠皮的鞋子,

足踏无尽头的小路,

总在流泪的眼睛,

深度的创造者,

从无休止的天也似的阶梯,

会注视着上面下来,

也会注视着下面上去。

赞美他们本性的古老游戏,

赞美他们粗犷的唾液,失眠的肌体!

他们的睫毛具有果敢、刀刃与锋芒!

野草、地衣和青蛙在其副词中生长!

新婚的床单上有铁的长毛绒!

下层是女性,他们的女性!

诸多幸福都是为了他们的人!

矿工们有点神奇,修理

他们未来的废墟,

加工着他们的思绪

以深刻的特征,用自己的声音

将隧道开辟!

赞美他们发黄的本性,

他们魔术般的矿灯,

他们的桶和菱形,他们可塑的不幸,

他们六根视觉神经的目光

在教堂里玩耍的子女

以及他们童年的的父母默不作声!

啊,深度的创造者们,向你们致敬!……

(精彩纷呈。)

星期日在我驴儿明亮的耳朵上……

那是星期天在我驴儿明亮的耳朵上,

驴儿是我在秘鲁的秘鲁驴(请原谅这悲伤)。

但在我个人的经历中今天已是十一点,

仅仅一只眼睛的经历,它钉在充分展示的胸膛,

仅仅一群驴的经历,它钉在充分展示的胸膛,

仅仅一次大屠宰的经历,它钉在充分展示的胸膛。

我看到宛似我的故土被描绘的山冈,

盛产毛驴,驴的子女,今天已是华丽的爹娘,

他们已经被描绘出信仰,

我痛苦的横着排列的山冈。

伏尔泰的雕像,手按宝剑,

斜披斗篷,俯瞰广场,

然而太阳晒透了我并从我的门牙里

不断驱散在增多的无生命的躯体。

那时我在一块绿糊糊的岩石上

梦见了十七，

那带着号码的巨石已被我遗忘，

在我手臂的水流上的岁月的声响，

欧洲的雨水和太阳，而我在怎样咳嗽！怎样生活！

头发使我多么痛苦，当窥见星期的世纪依稀渺茫！

而我微生物的周期，多么想在转折处

发出我的震颤，爱国的梳妆。

地与磁

诚恳的非常秘鲁化的机械学

彩色山丘的机械学!

理论与实践的土地!

聪慧的垄沟;例证:独石碑和他的侍从!

文件,大麦田,苜蓿地,美好的事情!

农作物,由实用事物惊人的等级

耕牛的吼叫、风和水

用震耳欲聋的古老构成!

四种不同的玉米,对立出生的玉米,

我从双脚听到它们如何走远,

当天上的技术与大地相碰

我又嗅到它们回还!

原子纯净!分子突变!

啊，人类的田园！

大海对阳光与滋养的怀念，

世上大洋的情感！

在黄金中发现的气候啊，聪明伶俐！

啊，山峦智慧的原野，

带着宗教，带着成群的小鸭，带着农田！

当它们经过时是缓慢的散文

停止时化作诗篇！

啊，我生命的爱国的毛驴！

田鼠在周围观望，怀着法律的情感！

小羊驼，我的猴子的国家的高贵的后裔！

啊，几乎使明镜与阴影没有距离的光线，

它是点的生命，线的灰尘

而且我因此沿着意识向我的骨骼登攀！

伸展的胡椒树、挂在太阳穴

并从光辉的十字镐上摘下的灯笼，

它们的时代的收割！

饲养场内的天使,

疏忽了羽冠的家禽!

用淬火的凶猛的辣椒

将油炸雌雄豚鼠送上餐桌!

(秃鹫呢?秃鹫令我心烦!)

基督教的木材

幸运的主干和有竞争力的枝干!

地衣家族的成员,

从卑微的纸上

我尊重

这玄武岩形状的物种!

几个动作,我将你们提取

为了拯救栎树并使它沉浸在美好的境遇!

现场的斜坡!

哭泣的羊驼,我的灵魂!

我秘鲁的山脉,世界的秘鲁,

星球脚下的秘鲁;我紧贴着你!

清晨的星,倘若我在这头颅上

焚烧古柯叶，使你们变得芳香，

天顶的星，倘若我只用帽子的击打，

揭开我的十座庙堂！

播种的手臂，请你下来，步行！

中午基础上的雨水，

在瓦房的屋顶下

啃咬不知疲倦的高度

而斑鸠将它的颤音切成三份！

现代黄昏的转动

还有考古细腻的黎明！

人类之后与之前的印第安人！

我在两支笛子中懂得了一切

而在一支"该纳"*中我便能知晓！

其余的，全被剃掉！……

*"该纳"是秘鲁印第安人的一种短笛，声音沙哑而优美。

坷 垃

带着燃烧蜡烛的世界性的结果,

直接的包皮,敲打的汉子,

农夫们在行动,沐浴着迷雾茫茫,

带着赞美的胡须,

实用的脚和山谷诚恳的女王。

信口开河,

喝着一瓶神甫的指令

不断将思想改变;

在一棵树后将思想改变,

述说私人的写作,缩小的月亮

和公共的河流!(无限!无限!无限!)

沉闷的力量

与黑莓燃烧着的运转,

木棒的步履,

木棒的表现,

木棒的段落,

悬挂在另一根木棒上的语言。

从肩膀上,肉挨着肉地,

取下开着花的工具

他们自己分阶段从膝盖下到苍天,

并将

自己古老骷髅形的错误

摇晃,

用带子举起他们生命攸关的缺陷,

举起他们的温和

与红色法官的、伤心的、血的杯盏。

他们有自己的头颅、四肢、躯干,

有自己的裤子、手指和一根短棍;

为了穿着高度吃饭

并一边抚摩结实的雌鸽一边洗脸。

的确,那些人

在危险中度过岁月,

将整个前额投到致敬里面;

他们没有钟表,从不吹嘘生命

总之,他们常说:在那边,娼妓,

  路易斯,塔伯阿达,英国人;

在那边,他们,那边,他们,那边!

但是在这一切幸福结束
之前……

但是在这一切幸福结束之前

失去它也要将它阻拦,

量量它的尺寸,倘若超过你的姿态;

超越它,看能不能将它装在你的伸展。

通过它的钥匙我对它非常了解,

即使有时不知道,这幸福

是否独自行动,支撑在你的不幸

还是只为讨你欢喜,将你的指骨拨弄。

我很清楚它是唯一的,

唯一孤独的智慧和英明。

你耳朵上的软骨很美

因而我将你描写，将你思量：

请不要忘记使你幸福的梦想，

当幸福结束，它是一个深刻的事实，

可它一旦到达，会呈现

死去的旗杆那混乱的芬芳。

你向自己的死神吹着口哨，

像抛石头一样抛着礼帽，

白人啊，你要倾全力打赢阶梯的战役，

士兵培植茎干，哲学家研究谷粒，

机械师制造梦想。(畜生，你理解我吗？

我会让人们像尺寸一样进行比较吗？

你没有回答，而是不声不响

透过你语言的年龄将我观望。)

你的幸福这样倾斜着，你的语言

重又将它呼唤，与它告别，

这幸福如此不幸的短暂。

此前,它将是剧烈地结束,

长成牙形,火石的画面,

那时你会听到我如何思考

你会触摸到你的即我这赤裸的身影

并将嗅到我是如何地经受苦难。

年迈驴子的想法

为了见他,我此时

将穿上乐手的衣裳,

我将会与他的灵魂碰撞,用手揉搓他的命运,

既然是个断断续续的灵魂,就让他安详,

总之,让他尽可能

死在他死去的躯体上。

他今天可能会伸展在寒冷中,

会咳嗽;我见他在打哈欠,使肌肉不幸的运动

在我的耳中成倍地猛增。

我这样说一个人,说他真实的招牌

而为什么不呢?说他砍伐的波耳多树*,

那可怕的华丽的细丝,

说他手杖的银把手上画着小狗,

* 这种树的叶子可治胃病和肝病。

说那些孩子们

说他们像自己悲痛的内亲。

因此我今天将穿着乐手的衣裳,

与他的灵魂碰撞,他的灵魂在将我的原料观望……

但我将永远看不到他在自己明天的脚下刮脸;

永远,永远,而且何必呢!

什么事情!一定要看看!

什么他永远的永远!

今天我对生活远不如
从前那么喜欢……

今天,我对生活远不如从前那么喜欢,

不过我一向喜欢活着:我早就这样说。

我几乎触摸到自己整体的分离

并用枪弹在誓言后的舌面上控制了自己。

今天我摸着撤退的下巴

并在这暂时的裤子里自言自语:

这么长的生命从没有过!

这么多的岁月总是我的星期……!

我的父母已被埋葬

用他们的岩石和尚未结束的痛苦的拉长;

我的兄弟姐妹,全身的兄弟姐妹,

总之,我已经停止的穿着马甲的生存。

我极其热爱生活

但是,当然,

和我可爱的死神与我的咖啡在一起

看着巴黎茂密的栗树并说着:

这是一只眼睛,那也是;这是一个

  前额,那也是……

并重复道:

多么丰富的生活而我的口音永不会变!

岁岁年年而且是永远,永远,永远!

我说过马甲,我说过

全部,部分,渴望,为了不哭,说

过几乎。

我的确曾在旁边的那所医院里受苦

而无论是对是错,

我对自己的机体从下到上地观察过。

活着将永远令我喜欢,哪怕是大腹便便,

因为，如往常所说而且我要重复，

多么丰富的生活而且不会再有！岁岁年年，

而且是永远，很多的永远，永远，永远！

相信眼镜，不相信眼睛……

相信眼镜，不相信眼睛；

相信阶梯，从不相信每一磴；

不相信飞鸟而相信羽翼

只相信你，只相信你，只相信你。

不相信酒水，只相信酒杯；

不相信有恶人，只相信有劣迹；

不相信人而相信尸体

只相信你，只相信你，只相信你。

相信许多而不相信一个；

相信裤子而不相信双腿；

不相信水流而相信沟渠

只相信你，只相信你，只相信你。

相信窗，不相信门；

相信母亲却不相信那九个月份；

不相信金骰子而相信运气

只相信你，只相信你，只相信你。

两个呼吸困难的孩子

不。他们的踝骨没有尺寸;不是

极其温柔的马刺,刺在他们的两个面颊。

这就是生命,工作服和桎梏的生命。

不。无论是赤脚走进大海

还是将顽固黏稠的软疣摆脱,

他们的笑声都没有复数,

那是思考与行进的笑,是有限的笑。

这就是生命;就是生命。

我清楚,凭直觉我了解他是笛卡尔派,

是机器人,挣扎,热情,总之,辉煌。

没有任何东西

在那骷髅残酷的眼眉上;

在雌鸽与亚里士多德杰出的蛔虫

用手套给予并攫取的东西之间

同样空空荡荡；

在桎梏的前后什么也没有；

在大洋中没有任何海的痕迹

没有任何东西

在细胞的狂傲中。

只有生命；就是这：凶猛的事情。

狭隘的充分，

火焰抽象的、幸运的、实际的、

冰冷的、匆忙的抵达，

深度的制动，形体的尾巴。

然而那件事

为了它，我呼吸着新鲜空气出生

并在亲情和戏剧中成长，

我的工作对它拒不接受，

我的感觉和武器掺入其中。

这就是生命，确立在舞台上的事情。

沿着这个方向，

它一系列的器官毁灭了我的心灵

而由于这无法形容的着了魔的天空，

我的机器发出技术的呼啸声，

我在忧伤的清晨度过黄昏

而我在努力，我在抖动，我很冷。

同志,再冷静一点……

同志,再冷静一点;

一个极大的、北方的、全面的、

凶狠的、小小冷静的极大的无限,

对每个胜利最小的效劳

却在失败大胆的奴役里面。

陶醉对你绰绰有余,在理智中

没有那么多的疯狂,宛如

你这肌肉的理性,不过

合乎情理的过失比你的经验更多。

但是,说得更清楚一点

把理性想成黄金,你便是钢铁铸成,

只要你不是傻瓜

对死不要有那么多的热情

不要只用坟墓对待生命。

必须善于既不匆忙

又不痛苦地控制你的幅度,

你整个分子的真情实况

在那里,你高呼"万岁"

而在这里,你传奇般地将"打倒"高呼。

如人所说,你是钢铁铸成,

因此你不会颤动

也不会爆裂,我的

神采奕奕的养子,

我的精打细算的老兄。

干吧,一往无前;下决心,

分析你的危机,总结,继续,

把它割断,使它降低,将它唾弃;

命运，隐蔽的精力，面包的十四段

经文：在你勇气的确凿的边缘

有多少证据和威力！

有多少综合的细节，和你在一起！

在你脚下，有多少真正的压力！

多少支持，多少严密！

倘若你只用冷静

发出严肃、特殊、倒霉的指令，

这容忍的方法，

这调和与病毒的光明

便是愚蠢透顶。

看吧，男子汉；

告诉我发生了什么事情，

尽管我叫喊，可我，总是服从你的命令。

这……

这

发生在两张眼皮之间；愤怒的

碱性的我在刀鞘中颤抖，

停在润滑的等分点上，

在寒冷的燃烧旁，我在那里消亡。

碱性的滑动，我要说，

在大蒜的后面，在甜蜜的感觉上，

在锈的深处，更深更深，

去时是水而回来时是波浪。

碱性的滑动同样而且大大地，

在参与天空巨大的组装。

倘若我死在自己的刀鞘里，我将投出

怎样的竖琴与标枪;我将把自己

五块细小的骨头,献给神圣的蕉叶

和那目光,就是那目光!

(人说那时在叹息里

会造出骨骼的、触觉的手风琴;

当自我完结的人们这样死去,

哎,会死在钟表的外面,

将一只孤独的鞋抓在手里。)

对这和一切都能理解,上校

和一切,在这声音哭泣的感觉里,

我在折磨着自己,夜晚伤心地

将自己的指甲拔去;

然后我一无所有并自言自语,

审视自己的经历

而且为了注满脊椎,我玩弄自己。

在生活中思索

在生活中思索,仔细地

思索激流的努力,

存在减轻,奉献座位,

判处死刑;

沸腾的钉子裹在苦难里

裹在白色的破布里

跌落,行星般

沉重地跌落;跌落!

(官方态度,我左派的态度;

旧衣袋,这右派在考虑自己。)

一切都很愉悦,除去我的快乐

一切,漫长的,除去我的天真,

我的犹豫不定!

不过，考虑到形式，我正面相迎，

古老地一瘸一拐，我由于泪水

而忘了眼睛（多么有意思的事情）

我直上到我的双脚，从我的那颗星。

我编织；由于纺了线，我编织自己。

我在灵魂的下面和气息的后面寻觅

跟随我并在大主教们中间隐匿的东西。

这就是正在攀登的山羊姑娘

感觉的孤寂，

散发着石油不祥的气味，

昨天，星期天，我将自己的星期六失去。

这就是死神，和她大胆的丈夫一起。

我今天真想成为幸福的人……

我今天真想成为幸福的人,

幸福却又有繁琐的问题,

出于本性将房门敞开,像疯子,

抗议,总之

躺在身体的信任里,

只为看看人们是否愿意,

只为看看人们是否愿意检验我自发的立场,

抗议,我要说,

为什么在灵魂中给我这么多的打击。

因为我真想成为幸福的人,行动

不用手杖、拒绝世俗的卑微和黑色的叫驴。

这世界的感觉就是如此,

虚拟的歌声,

我哭泣的可爱的器官

和我在腔穴中丢失的铅笔。

同志,可劝说的兄弟,

追求伟大的父亲,会死去的儿子,

朋友和敌人,达尔文巨大的文件:

他们几时来,带着我的肖像?

来享受快感?难道是穿着裹尸衣的快感?

更早吗?谁知道呢,恐后争先?

为了同情,为了本性,拒绝

与观察的人,同志,邻居,

我没有线索的希望

在他巨大的脖颈上来下去……

九个魔鬼

这,真是不幸,

世上痛苦在增长,时刻不停,

一步一步地增长,每秒三十分钟,

痛苦的本性,双倍的苦痛,

磨难的实质,食肉、贪婪、

双倍的苦痛,

纯洁无瑕的草的作用,双倍的苦痛

和双倍地折磨我们的善良的举动。

人类,在胸中,

在公文包,在上衣翻领,

在酒杯、肉店、算术里

从没有这么多的苦痛!

从没有如此痛苦的亲情,

远处从没有如此近地进攻，

火从没有这么好地

发挥死的寒冷的作用！

从没有，卫生部长先生，曾是最容易死的卫生，

前额从没有这么多的偏头疼！

家具在抽屉中有苦痛，

心脏在抽屉中，苦痛，

爬虫，在抽屉中，苦痛。

不幸在增长，人类兄弟，

比机器更快，相当于十部机器，

和卢梭的家畜一起

增长，和我们的胡须；

邪恶由于莫名其妙的原因与日俱增

这是它自身的体液、

泥土和坚固的云

造成的泛滥！

苦难使方位颠倒，

赋予眼液变成与地面垂直的功能，

眼睛被看而这耳朵被听，

这耳朵在打闪时发出九下钟响，

麦收时发出九声狂笑，

哭泣时发出九个雌性的响声，

饥饿时唱出九首赞美诗

还有九声鞭笞、九声雷鸣。

痛苦将我们抓住，人类弟兄，

从后面、从侧面

使我们在电影院发疯，

将我们钉在留声机上，

将我们从床上拔起，又垂直

落在我们的票上，我们的信中；

苦难多么慎重，只有祈祷的可能……

由于痛苦的结果

有些人诞生，有些人成长，有些化作亡灵，

有些人生而不死，有些人死而未生，

最多的是不生不死的芸芸众生。

同样由于痛苦的结果，

当看见面包化作十字架，

看见出生者在哭泣，看见鲜血在流淌，

看到洋葱，看到食粮，一般是面粉，

看到盐，成粉末状，看到水，在逃亡，

看到葡萄酒，头戴荆冠的圣像，

看到雪那么苍白，太阳那么滚烫，

我知道头顶都是悲伤，

直到脚跟都是更大的悲伤！

人类弟兄们，

我怎能不对你们那么讲，

我已经不能忍受那么多抽屉、

那么多爬虫、

那么多颠倒、

那么遥远和那么多渴望的渴望！

卫生部长先生，应该怎样做？

人类弟兄们啊，不幸的是，

兄弟们，要做的事情实在太多。

有的日子,我产生一种极大的政治兴趣

有的日子,我产生一种极大的政治兴趣

想亲吻亲爱者的两个面孔,

我从远方产生了一种指示性的愿望,

另一种等级或力量的爱的愿望,

爱恨我的人,爱将孩子的纸张撕碎的人,

爱那个为了哭泣者而哭泣的女性,

爱酒的国王,爱水的奴隶,爱在愤怒中

隐匿自己的人,爱流汗者,爱经过者,

爱那个人:他在我的灵魂中动摇了自己的人格。

因此,对那与我说话的人,

我想让他的辫子舒适;对士兵,让他的头发舒适;

成为渺小者的伟大;成为伟大者的光芒。

为那会哭泣的人

直接将一方手帕熨烫

而当伤心或幸福使我难过

便为孩子们或天才们修补衣裳。

我想帮助好人成为他的一点坏处

我迫不及待地

要坐在左撇子的右方

并回答世界,成为对它有用的人

在我力所能及的事情上,

我也特别想为瘸子洗脚,

帮助旁边的独眼人进入梦乡。

啊,爱,这个,我的,这个,世界的,

人类之间的和教区的,老年的!

这愿望光着头而来,

来自地基,从公共的腹股沟,

来自远方,使人想

亲吻歌手的围脖,

亲吻受苦者,在他的平底锅上,

亲吻聋子,在他头骨冷漠的声响;

对那将我在怀中遗忘的东西还给我的人

亲吻他的但丁,他的卓别林,他的肩膀。

为了结束,我想,

当我处在暴力著名的边缘

或胸膛充满了心脏,

想帮助微笑者笑出声,

将一只小鸟放在坏人的后颈上,

照顾病人并让他们生气,

购买销售者的东西,

帮助屠杀者屠杀——令人不寒而栗——

但愿我成为完整的好人

对于我自己。

关于死的布道

总之,然后要走向死神的领域,

它像骑兵中队一样行动,事先安排的方括弧,

段落与大括号,大手与强行断开的朗诵,

亚述人*的课桌,基督徒的布道台,

汪达尔人†家具的生拉硬扯

或更小如这特殊重音的撤退又有何用?

难道为了,明天,结束

阳具炫耀的类型,

糖尿病和白色的接种,

死者,几何图形的面孔,

便须要布道和巴旦杏,

使马铃薯实在多余,

还有这黄金和雪的价值

* 亚述是古代西亚的一个奴隶制国家,位于底格里斯河中游。

† 汪达尔人为古代日耳曼人部落的一支,曾在罗马帝国末期入侵罗马,并以迦太基为中心,在北非建立了一系列领地。

在其中燃烧的流动的幽灵?

难道为此,我们要丧失这么多的性命?

仅仅为了死,

我们就必须死个不停?

而我正在书写的段落呢?

还有我挥舞的自然神论的括弧呢?

还有我的蹄子失误的那队骑兵?

那把能打开所有的门的钥匙?

还有法庭的强行断开的朗诵,

手,我的马铃薯,我的肉体

和我在床单下的抗衡?

我要发疯了,狼,我的羊羔,

明智,我的马中之马!

课桌,要的,全部生命;

布道台,也要,全部死亡!

野蛮的布道:这些文件;

特殊重音的撤退:这张皮。

我将沉思着，金矿般的，用手臂

在两个时刻，捍卫自己的猎物，

抵御这命运，用声音也用喉咙，

抵御用以演说的嗅觉

用以行走的静止的本能，

只要活着我就感到光荣——必须要说明；

我的大黄蜂将感到骄傲，

因为无论在左还是在右，

我总是同样处在正中。

我在寒冷中公正地想……

我在寒冷中公正地想,

人多么悲伤,咳嗽,然而

却快乐在红色的胸膛;

所做的唯一的事情

是打发日子;

他是阴郁的哺乳动物并梳妆……

考虑

人温柔地起源于劳动

仆从般发声,首领般回应;

时间的图表

是其奖章上放射的永恒的幻影

将透镜半开,他的眼睛

从遥远的时代

研究了大众饥饿的规程……

我毫不费力地懂得

人往往在想,

像要哭泣一样,

宛似物体克制自己,

变成好的木工,出汗,屠杀

然后又歌唱,吃饭,把扣子扣上……

总之,当他结束残酷的日子

并将它抹去时,检查

自己发现的器物、厕所、失望……

同时又想,人实际上

是一种动物,然而转身时,

却让痛苦落在了我的头上……

我懂得,他知道我爱他,

我恨他却有情,

他对我,总是无动于衷……

审视他一般的证件

带着眼镜看着那张证明

证明他出生时渺小得不行……

我向他作个手势,

他来了,

我给他一个拥抱,怀着激动的心情。

别的还能做什么!激动……激动……

吉 他

痛苦、仇恨的欢乐,

用柔软的毒素我的喉咙染色,

但建立了神奇秩序的琴弦*,

其斗牛的伟业,在第一

第六和好说谎的第八之间,

让它们都遭受苦难。

痛苦的快乐……谁?给谁?

谁,槽牙?给谁孤独,

牙龈上狂犬病的炭化物?

无论如何,怎么能

不使邻居愤怒?

孤单的男人,你比我的号码

* 原文中的 la cerda 是猪鬃、母猪的意思,但据秘鲁文理大学(Universidad de Ciencias y Humanidades)出版的《巴略霍诗歌全集》(2011)第386页的注释说,这当是诗人打字的错误,将 la cuerda 打成了 la cerda。译者认为此说有理,故从之。

更有价值,你鹰的功能,

虎的机制,柔软的家伙,

胜过整本的字典,

还有散文的诗,

诗的散文。

痛苦的快乐,

在桌上等待希望的快乐,

星期天用所有的语言,

星期六用中国的、比利时的时间,

一周,用两口痰。

在便鞋上等候的快乐,

在一句诗后收缩着等候的快乐,

顽强并带着眼中的刺等候的快乐;

受苦的快乐:女性左手的打击

她在腰上带着一块石头死去

并死在弦与吉他之间,

哭几天却唱几年。

周 年

生命中有多少个十四年!

街角上有什么雾蒙蒙的信赖!

有什么合成的钻石,头盔的钻石!

沿途还有多少甘甜,

在更深的表面:

在如此短暂的一生中有多少个十四年!

什么义务,

什么切割什么砍断,

在睫毛上,从纪念到纪念!

还有多少黄色,多少暗红色!

在一个十四中有多少个十四年!

黄昏的手风琴,在那街角上,

清晨的钢琴，在那个黄昏；

肉体的小号，

只有一根鼓槌的鼓，

没有四度音的吉他，有多少五度音，

多少愚蠢朋友的聚会，

简直是老虎的巢穴，烟草迷漫！

生命中有多少个十四年！

此时此刻我对你说什么，

幸福的十五年，属于他人，别人的十五年？

无非是马不要再长，

他们到来是为了信件，

我生产的人使我光辉灿烂，

在坟墓中没有任何人和我在一起

人们将我和我的哭泣混为一谈！

生命中有多少个十四年！

在一块岩石上停工……

在一块岩石上停工,

失业,衣裳褴褛,令人毛骨悚然,

来往于塞纳河畔。

于是觉悟从河里萌生,

带着贪婪之树的抓痕和叶柄:

河流的城市上来下去,

是拥抱着的狼造成。

失业者看见它往来,

宏伟,凹陷的头上带着空腹,

纯洁的眼睛在胸中

而下面,

骨盆小小的响动,

在两个伟大的决定中间默不作声,

而下面，

更加下面，

一张纸，一根火柴，一颗钉……

劳动者们，这就是

那个在工作中大汗淋漓的人，

如今在分泌无用的血液！

对钢锚了若指掌的铸工，

熟悉血管的阳性脉络的织工，

金字塔的泥瓦工，

为了胜利的失败，从平静

立柱下降的建筑工，

三千万失业者中的失业者，

行走在人群中，

在足跟上被描绘的跳动！

未进食之口的烟雾！

身躯怎样，歌唱着，

投入残忍的停止使用的工具！

颧骨上有着怎样痛苦阀门的心境!

铁在炉前也停了工,

种子和它们温顺的合成在空气里停了工,

联系在一起的石油停了工,

光线在其真正的呼吁中停了工,

月桂停止了生长,

水在一只脚上停止了流动

甚至大地本身,在这失业面前也惊得停了工,

他们在跟腱上被描绘的跳跃!

他们上百个脚步连接的传动!

钟表在怎样咆哮,在他们的背后不耐烦地漫步!

发动机在他们的脚踝上怎样地发出尖叫声!

同志们,他在怎样倾听

老板们吞下他所需要的那一口饭,

而搞错了唾液的面包,

听到他,感到他,而且人道地,在多数中,

闪电怎样将自己无头的力量

钉在他的头上！

啊，同志们，那时人们在下面，

在更下面所做的事情，

废纸，火柴，铁钉，

微弱的响声，虱子的祖宗！

跑,走,逃……

他在用双脚

跑,走,逃……

在自己的云上带着两朵云离去,

虚假地坐着,手中攥着

悲哀的"当时",痛苦的"为了"。

他尽力地跑,

在无色的抗议中走着;

向上逃,

向下逃,迈着

教士的步伐逃,逃啊逃

将不幸举得高高,

直接向着独自的哭泣

逃啊逃。

何处去,

远离他崎岖、腐蚀性的足跟,

远离空气,远离他的行程,

为了逃,逃,逃,

逃离他的双脚——人在双脚上

停止了那么多的逃——渴望着跑。

连树木也不会有,倘若转让黄金似的铁!

连铁也不会有,倘若遮掩枯枝败叶!

除了他的双脚,什么也没有,

只有他轻微的冷颤

他活生生的"为了",活生生的"当年"。

最终,没有这持续的芳香

最终,没有这持续的芳香,

没有它,

没有它伤感的商数,

我温和的优越封好它的斗篷,

我的存在封好它的箱笼。

啊,情感怎么会起这么多的皱纹!

啊,固定的想法如何会使我进入指甲!

患白化病,粗糙,敞开,带着颤抖的公顷,

我的愉悦在星期五跌落,

但我的痛中之痛由愤怒与悲伤构成

而在它沙砾与无痛的边缘,

情感将我弄皱,使我陷入绝境。

金的强盗,银的牺牲品:

我向受害者偷窃的黄金,

忘掉它,我多富有!

我向强盗们偷窃的白银,

忘掉它,我多倒运!

可恶的制度,这气候自称为天,

为支气管和沟壑,

为穷人为了成为穷人所付出的

巨额金钱。

黑色石头在白色石头上

我将在暴雨中死于巴黎,

对那一天我早有记忆。

我将死在巴黎——我不逃跑——

或许是个星期四,就像今天,也在秋季。

将是星期四,因为星期四,今天,

当我写此诗时,已将双臂置于厄运旁边,

永远也不会再像今天,在整个

人生途中,不会再看到自己这样孤单。

塞萨尔·巴略霍已死,众人

都在打他,尽管他对他们从未冒犯;

他们残酷地用棍子将他折磨

并狠狠地抽打,将绳子当作皮鞭;

星期四和肱骨可以作证,

还有孤独,道路,雨天……

为了朗读与歌唱的诗

我知道有一个人

日夜寻找我,在她的手上,

在她的鞋中,时刻能看到我的面庞。

难道她不晓得黑夜

在厨房后面和马刺一起被埋葬?

我知道有一个人由我的部件构成,

我构成她,当我的身躯

骑在她确切的岩石上。

难道她不晓得和她的肖像

一起离开的钱币不会再回到她的宝箱?

我知道那一天,

但太阳已逃离我的身旁;

我了解她在床上

用陌生的价值与那温和的水

采取的普遍的行动,

水面的频率是一个矿藏。

难道那个人竟是那么小,

甚至双脚能踩在自己的身上?

一只公猫是她与我之间的界标,

就在她水碗的旁边。

我在街头看见她将衣服敞开

又合上,在询问的枣椰树之前……

她还能做什么,除了将哭泣改变?

然而她在将我寻觅

      寻觅。

        这只是个故事而已!

从混乱到混乱……

从混乱到混乱

你上来陪我分享孤单；

我理解用脚尖行走，

脚上有一条路，手上有面包一片，

将我的侧影变成黑色甚至榨出泡沫，

使其扮演的角色令人毛骨悚然。

从前，你向后射出气体的暴力，

但是后来，另一个时代，

现在你用祭奠的手臂支撑着我

用祭奠的手臂支撑着事物的方向，

在祭奠的手臂上概括了事物的死亡。

然而实际上

因为关系到生命,

一旦那时的事件在你手上长出鬃毛,

当你的声音像灌溉一样持续不停,

总之当你忍受大袋鼠的痛苦,

请忘记我,并将我支撑,

微小的伴侣,被带刺的日期打击,

请忘记我并支撑我的胸膛,

为了拥抱我,用两脚直立的驴;

请对你的粪便怀疑几秒的时间,

观察空气如何上升为天,

人儿,

汉子,

有鞋后跟的男人,爱我吧,将我陪伴……

要记住有一天

一只教士的鸫鸟

会在我赤裸的吨位上歌唱。

(一只鸫鸟曾经歌唱

将我重量论的带子叼在喙上。)

有鞋后跟的男人，一定要

穿着这与生俱来的哭泣的鞋子歌唱，

同时痛苦地，

穿着我的脚步的鞋子歌唱，

汉子，而且不听它，它不会是好的，

那将是诅咒和叶片，

凌辱，发辫，平静的云烟。

停在石边的狗

是他曲线的飞翔；

这也要记住，汉子，直至天上。

底下的重量，对岸的重量，

临时的重量，伟大沉寂的重量，

以及这从月份和那从年份归来的重量，

都将提醒你不要遗忘。

强度与高度

我想写,但写出的是泡沫,

我想说很多很多,但却语塞;

没有写出不长芽的金字塔,

没有写下的数字不是总和。

我想写,却觉得自己是美洲豹;

我想戴上桂冠,但却变成了洋葱。

没有说出的鸟,抵达不了云烟,

没有神与神之子,没有发展。

因而我们走吧,去吃草,

啼哭的肉,呻吟的果,

我们罐装的伤感的灵魂。

我们走吧！走吧！我已遍体伤痕；

我们去喝已经喝过的东西，

雄乌鸦啊，我们去使你的雌乌鸦受孕。

我纯粹因热而冷……

我纯粹因为热而冷,

恩比蒂亚姐姐*!

狮子舔着我的影

而老鼠咬着我的名,

娘啊我的魂灵!

* 原词的本意是"妒忌"。(译者注)

我要去底部的边缘,

维西奥姐夫†!

毛虫敲打您的声,

您的声敲打毛虫!

爹啊我的体形!

† 原词的本意是"陋习"。(译者注)

我的爱就在对面,

帕洛玛孙女‡!

‡ 原词的本意是"雌鸽"。(译者注)

跪倒，我的恐惧，

头朝下，我的苦闷，

娘啊我的灵魂！

直至不见两人的那一天，

冬巴妻子*，　　　　　　　　　　　　*原词的本意是"坟墓"。（译者注）

我最后的铁器

发出昏睡毒蛇的旋律，

爹啊我的躯体！

一根立柱忍受着安慰

一根立柱忍受着安慰，

另一根立柱，

成倍的立柱，立柱的形状

像一扇黑暗的门的孙子一样。

失去的声音，一个人，在疲惫的边缘倾听；

另一个人，两个两个地，用把手畅饮。

难道我不知这一天的年份？

不知这前额的牌板，这爱的仇恨？

不知从来没有人跪着说"绝不"？

不知这消耗日子的黄昏？

我见过的立柱在听我说话；

另一些立柱，是我的大腿的忧伤的子孙。

我在美洲的铜上说话，

它在将白银的火畅饮！

我在第三个婚礼上得到安慰，

苍白并已诞生，

我要封闭自己这玻璃的洗礼池，

这长着乳房的惊恐，

这风帽上的手指，

与我的骷髅相连的心灵。

炎热,我疲惫地带着金子而去

炎热,我疲惫地带着金子而去,

在那里,敌人对我刚刚喜欢。

二月,为了你,这是温和的九月! [*]

好像为我戴上了耳环。

巴黎,4号,5号,还有在炎热中

挂在我死去行为上的渴望。

这是巴黎,世界的女王! [†]

好像人们撒了尿一样。

像月份一样大小的苦涩的叶片

和布满灰尘的卢森堡的叶片。

这是为了你的夏季,胸膜高高的冬天! [‡]

---

[*] 原文是法文: C'est Septembre attiédi, por ti, Febrero!

[†] 原文是法文: C'est Pris, reine du monde!

[‡] 原文是法文和西文混写: ¡C'est l'été por ti, invierno de alta pleura!

它好像已经做了翻转。

炎热,巴黎,秋天,在大都市

和炎热中,多么漫长的夏天!

这是生命,死神之死! *

人们好像在将我的踏痕清点。

好像为我戴上了耳环!

好像你已经做了翻转!

好像为我撒尿!

好像在将我的踏痕清点!

* 原文是法文:C'est la vie,mort de la Mor!

公 墓

昨天当听到一张弓，一道彩虹，

   痛苦地，

     准确地从夕阳上脱落，

我看见一个个普遍的声响

    懊丧地，

     准时地奔向远方。

我看见每分钟慷慨的时间，

    无限地

疯狂地绑在大大的时间上，

因为那一个小时

     轻柔地，

由于两小时而紧紧地膨胀。

大地，让人们理解，呼唤

   在尘世间；

人们如此粗暴地拒绝我的故事，

而我若曾看见，愿大家都来倾听，

我若触到了这机体，但愿都来

   慢慢地，

仔细地，贪婪地观看我的黑暗。

倘若我在回答的损伤中，

   清楚地，

看到了未知的头脑的损伤，

倘若我曾听到，曾思考

我死人的、有时间性的鼻孔，

   请你们兄弟般地、

好心地将我投到哲学家的行列中。

然而不再要仓促的转折

在平和的歌声里，不再要

　　　　彩色的骨骼，马术般挺立的

　　　　　　灵魂的音律

　　痛苦地直立在我的针刺里，

　　总而言之，我坚信不疑

　　　　　　既然，生命

　　无情地，公正地令人恐惧。

让我留下来,温暖淹死
我自己的墨水

让我留下来,温暖淹死我自己的墨水

并倾听我轮换的洞穴,

触觉的夜晚,抽象的白天。

我扁桃体上的未知发生了震颤

因年度的忧伤而发出了尖叫,

巴黎的夕照,太阳的夜晚,月亮的白天。

就在今天,傍晚,

我还在走向神圣的永恒,

母亲的夜晚,曾孙女的白天,

她的两种颜色,美丽,迷人,刻不容缓。

我依然

能够，乘双座的飞机到达自己，

沐浴着家庭的清晨

和瞬间永恒浮现的云烟。

此时此刻，

依然，

在彗星的末尾

我赢得了幸福的博士的杆菌，

这里有温暖的，倾听的，土地，太阳和月亮，

我不知不觉穿过公墓，

我向左，用一对十一音节的诗行

将草钉进土地，

坟墓的岁月，无限的公升，

墨水，钢笔，瓷砖和原谅。

要流放来的人刚刚
过去……

要流放来的人刚刚过去,

他将坐在我三重的发展上;

他刚刚罪恶地过去。

他刚刚坐在那里,

在一个与我的灵魂保持距离的躯体,

他骑着毛驴来使我消瘦;

他呈紫色,刚刚站立着坐了下去。

他刚刚给了我正在结束的事物,

就是那畜生在尾巴下

创造的巨大代词和火的热度。

他刚刚向我表达了

对遥远假设的怀疑,他用目光

使它们向更遥远的地方离去。

他刚刚为善良缔造了

因为厚颜无耻而轮到他的荣光,

由于对被杀害的他和对我的梦想。

他将自己的第二个痛苦(没有第一个)

完全放在我的脊背

而将第三次的汗水注入充足的眼泪。

没有到来就已过去。

饥饿者的轮子

我从自己的牙齿中间冒着烟出来,

喊叫着,挣扎着,

褪下长裤……

空出我的胃,空出我的肠,

苦难将我从自己的牙齿间抠出,

从衬衣袖口用小木棍儿按住。

此刻对于我

没有一块可以坐的石头?

连分娩过的女人,

羊羔、原因和根茎的母亲

碰着的那种石头,

都没有?

起码该有另一种,

它弯腰通过了我的灵魂!

起码是

石灰质的或低劣的(卑微的海洋)

或者连打人都不能用的那种,

此刻给我,也行!

起码是在侮辱中发现的孤零零被打穿的

石头,现在就把它给我,也行!

起码是那被扭曲并戴着花冠的,

正直觉悟的脚步只有一次在其中回响,

或至少是另一种,在尊严的曲线中被

抛出,并自己落在

真正内心的职业中,

现在就把它给我,也行!

对于我,连一块儿面包,也没有吗?

我只能是我永远必须是的人,

但是请你们给我

一块可以坐着的石头,

但是请你们给我

一块我可以坐在上面的面包,

但是请你们给我,

总之,用西班牙语,

给我点什么喝的,吃的,生活的,

休息的东西,然后我便离去……

我会遇到一种奇怪的方式,我的衬衣

肮脏褴褛,

我已一无所有,多么令人恐惧。

生活,这生活……

生活,这生活

曾使我快乐,它的工具,那些雌鸽……

乐的是听她们在远处互相约束,

自然的发生,固定的数额,

按照她们的痛苦、她们动物的号角而做。

我畏缩着,从肩膀上

听到她们平和的生产,

污水会使她们的十三根骨头宁静,

铅会膨胀在旧的螺丝钉。

她们山鸡似的尖嘴,

成对的小雌鸽,

可怜的雌鸽,翻动着肝脏,

云的侄女们……生活!生活!

生活就是这样!

红色呼叫是她们的传统,

红色的道德,警惕的雌鸽,

红色或许是生锈的结果,

如果当时她们蓝色地下落。

她们基本的链条,

她们个体旅行鸟儿的行程,

她们曾释放出浓烟,

身体的痛苦,有影响的门厅。

雌鸽们在跳跃,永久的

芳香的雌鸽,

她们受雇用而来,

从不幸的消化渠道而至,

讲述的鸟儿,

传递信息的粗鄙的鸟儿

向我讲述她们含磷的往事……

我已经发觉。我再不会

瘦骨嶙峋地,病在床上倾听

她们演奏自己动物起床的号声……

巴掌与吉他

此时,在我们中间,在这里,

来和我一起,用手带来你的身体

让我们共进晚餐并以两个生命的方式

度过一个瞬间并将一部分献给我们的死亡。

现在,请你和自己一起来,请以我的名义抱怨

并沐浴黑夜的光亮——

拉着手带来你的灵魂

并让我们踮着脚逃离自身。

来我这里,是的,到你那里,是的,

用偶数的脚步,用奇数的脚步,

踏着告别的步伐,来看我们二人。

直到我们回来!直到回来!

直到我们,无知的人们阅读!

直到我们回来、告别的时辰!

步枪对我有什么要紧,

你听我说;

听我说,步枪对我有什么要紧,

既然子弹已在我签名的级别上转圈?

对于你,子弹有什么要紧,

倘若步枪已在你的气味上冒烟?

今天,我们就要在一个盲人的臂膀上

检测我们的星星的重量

而你一旦为我歌唱,我们将会哭泣。

就在今天,美人儿,用你偶数的步履

你的信心——我的警报曾抵达那里,

我们将成双成对地脱离我们自己。

直到我们成为盲人!

直到

我们因为常常回来而哭泣!

此时

在我们中间，

用手带来你甜蜜的人格

让我们共进晚餐并以两个生命的方式

度过生命的一个瞬间

并将一部分献给我们的死亡。

现在，你和自己一起来，请为我演唱

一点什么

并在你的灵魂中演奏，拍着巴掌。

直到我们归来！

直到我们告别、前往！

能把我怎么样……

能把我怎么样，当我受着线的折磨

却以为点在小跑着将我跟踪？

能把我怎么样，当我在自己肩上

放了一个鸡蛋而不是一个斗篷？

活，能把我怎样？

死，又能把我怎样？

有眼睛，能把我怎样？

有灵魂，又能把我怎样？

对我来说，同类早已死亡

风轮在我的小车上运转，能把我怎样？

数着自己的两行眼泪,为大地哭泣

并悬挂地平线,能把我怎样?

当我为不能哭而哭

为极少笑而笑,能把我怎样?

不死不活,能把我怎么样?

请听你的块头,你的彗星……

请听你的块头,你的彗星,倾听它们;

沉重的鲸,不要因记忆而呻吟;

请听那长袍,你睡在那里,

请听你的赤裸,它是梦的主人。

请将火的尾巴抓住

你向那两只角将自己叙述

马鬃在角上完成了它残酷的驰骋;

请将自己打破,但要在一个个圆中;

在弯曲的立柱上,再将自己组成;

烟雾的人啊,请以骷髅的正步

用大气描绘自己的体形。

死亡?给它穿起你的衣裳!

生命?用你的部分死亡与它对抗!

幸福的畜生，想一想；

不幸的神，去掉你的前额。

然后，我们再讲。

倘若在诸多话语之后……

倘若在诸多话语之后,

已经不存在语言!

倘若在鸟儿的翅膀之后,

已不存在站立的鸟儿!

实际上,不如

将它全部吃掉,我们便了结了心愿!

出生是为了靠死亡活着!

由于自己的灾难

而从天上向大地起立

并窥视用影子将黑暗熄灭的时机!

老实说,不如

让人们将它吃光便无别的可想!

……

倘若在这样的故事之后，我们突然死亡，

不再有地久天长，

只有这些平凡的事情，诸如

待在家里或开始冥思苦想！

倘若然后，从星球的高度，

从围巾的污点和梳子考虑，

我们一下子

就察觉自己活在世上！

实际上，不如，

当然，让人们将它吃光！

那时人们会说

我们在一只眼里有许多悲伤

在另一只眼里也有许多悲伤，

而在两只眼里，当它们观看，会有许多悲伤……

那么……当然！……就……

无话可讲！

巴黎，1936年十月

我是唯一离开这一切的人。

离开这长凳，离开我的短裤，

离开我伟大的处境，我的行动，

我被劈成若干部分的号码，

我是唯一离开这一切的人。

从香榭丽舍*大道或者

当月亮奇异的小巷拐弯，

我的葬礼离去，我的摇篮起身，

它被孤单、零散的人们围在中间，

我相似的同类回转

并将他们的影子一个一个地遣散。

> * 香榭丽舍是巴黎最有名的大街，其在希腊神话中的本意是圣人及英雄的灵魂所居住的冥界中的乐土。

我要远离一切,因为一切

都是为了证实我不在场:

我的鞋,鞋上的扣眼儿和泥土

甚至还有我自己扣好的衬衣

那双重的肘部。

联想到永别的再见

最后，最终，到头来，

我回来，回来了并自我完结，向你们呻吟，

给你们这钥匙，我的帽子，这写给大家的短信。

钱币在钥匙后面，我们在它身上

或许能学会剥落黄金，最终

在我的礼帽的没梳好的可怜的头，

和烟雾最后的杯子，在它戏剧的角色上，

安歇着灵魂这实际的梦乡。

再见了，圣彼得们，赫拉克利特*们，

伊拉斯谟们†，埃斯皮诺萨们，诸位兄弟！

---

* 赫拉克利特（约前 540—约前 480 与前 470 之间）是古希腊哲学家，其学说从运动的观念出发，认为运动是由物质的矛盾造成的。

† 伊拉斯谟（约 1466—1536）是文艺复兴时期尼德兰的拉丁文学者，具有独立和讽刺精神。

再见了，布尔什维克伤心的主教们！

再见了，混乱中的统治者们！

再见了，在水中像酒一样的酒！

再见了，在雨中的乙醇！

同样再见了，我告诉自己，

再见，一毫克一毫克的飞翔！

同样再见了，以真正的方式，

冷的寒冷和热的寒冷！

最后，最终，到头来，逻辑，

火的边界，

这再见联想到那永别。

什么也不要对我说……

什么也不要对我说,

因为一个人完全可以杀人,

既然,汗水似墨,

一个人做所能做,不要对我说……

先生们,我们将拿着苹果

重逢;那婴儿将很晚才通过,

亚里士多德的阐明

武装着木头的伟大的心灵,

赫拉克利特嫁接在马克思的表述上,

温柔的表述发出粗犷的响声……

一个人完全可以杀人:

表明这思想的是我的喉咙。

先生们，

绅士们，没有包裹，我们将重逢，

到那时我要求，我将向自己的消瘦要求

那日子的韵律， 因为

按照我看到的，它曾在我的床上等着我。

现在我向帽子要求记忆那不幸的类比，

既然，有时，我承受得了自己无限的哭泣，

既然，有时，我会在邻居的声音里窒息

在玉米中忍受

并清点着岁月，

伴随一个死者的节奏将衣服刷洗

或醉醺醺地坐在棺材里……

总之,我无法表达生,只能表达死

总之,我无法表达生,只能表达死。

而尽管如此,在阶梯式的自然

和成群的麻雀之后,我和影子手把手地安眠。

当从那可敬的行动和另一种呻吟中

降落,我边休息边思考时间无畏的进程。

那么,为何需要绳索,既然空气是如此的简单?

既然铁自然地存在,又为何需要锁链?

塞萨尔·巴略霍,你爱的乡音,你写的动词,

你倾听的微风,要了解你只有通过你的喉咙。

因此,塞萨尔 · 巴略霍,跪下,怀着模糊的骄傲,

带着毒蛇装饰的新婚床铺和扩大的回声。

请你回到肌体的蜂房,美人的身旁,

使开放的牵牛花芬芳,向盛怒的类人猿将这两个洞口关上;

总之,挽救你那令人反感的小鹿;请你自行悲伤。

没有比被动语态中的仇恨更紧张的事物,

没有比爱情更爱听弥撒的都市!

我已不会行走,除非在两张竖琴上!

你已经不认识我,只因为我机械地烦琐地跟在你身旁!

我已只提供音符,不提供蠕虫!

我对你已妨碍甚多,使你瘦骨伶仃!

我带着的蔬菜,一些腼腆而另一些勇猛!

情感由于黑夜而断裂在我的支气管中,

白天隐蔽的教长们将它带来,倘若我起床时苍白,

是由于我的劳动;而倘若我晚上通红,是由于我的劳工。

它像我的这些疲劳、我的残余、我著名的叔叔们

一样得到说明。总之,我为了人类的幸福而敬献的眼泪,

　　它会得到说明。

塞萨尔·巴略霍,你的亲人们

如此迟到似乎是谎言,

因为他们知道我已入狱,

知道你已自由地安息!

命运华丽而又卑鄙!

塞萨尔·巴略霍,我用柔情恨你!

不幸者

白昼即将来临;将绳索

付与手臂,请你在垫子下

寻觅,在你的头脑中直立,

为了笔直地行走。

白昼即将来临,请你穿上上衣。

白昼即将来临;请你

用力地将大肠握在手里,

想一想然后再深思熟虑,

因为当不幸落到一个人身上

当一个人门牙落地,多么令人恐惧。

你需要吃饭,不过,我考虑,

你不会伤心,因为伤心,

在坟旁哭泣,不属于穷人;

振作起来,要记住,

相信你白色的线,吸烟,将你的锁链

清点,在肖像后面将它保存。

白昼即将来临,安置好你的灵魂。

白昼即将来临;他们过去,

在旅馆开了一个孔,

鞭打着他,给他一面你的明镜……

你在颤抖?这是前额和

胃的新生国家的古老处境。

他们还在打鼾……什么世界能带走这鼾声!

你的毛孔会怎样,要审理清!

啊!有那么多的"两个",你却孤苦零丁!

白昼即将来临,安置好你的梦。

白昼即将来临,我以

你寂静的口腔重申

你急忙带着饥饿向左

带着干渴向右；无论如何

你不要成为和富人一起的穷人，

请激发你的寒冷，因为寒冷中

融合着我的体温，可爱的牺牲品。

白昼即将来临，请安置好你自身。

白昼即将来临；

清晨，大海，天气，举着

旗帜，在你的疲倦后面，

并沿着你古典的骄傲前进，鬣狗们

伴随驴子的节奏数着它们的脚步，

面包店老板娘想着你，

肉店老板想着你，触摸着

俘虏了钢、铁和金属的斧头；

弥撒中没有朋友，永远不要忘！

白昼即将来临，请安置好太阳。

白昼即将来临;让勇气

双倍地增长,让怨恨的善良

三倍地增长

并将双肘、纽带和强调交给恐惧,

因为你,正如人们在你的大腿间所见

而且的确是,啊!死不了的孽障!

今天夜晚你梦到了

怎么也活不成,怎么都会死亡……

乡间挂在我的鞋子上

乡间挂在我的鞋子上；

我清楚地听到

它在陷落，闪光，将彩色的糟糕的影子

悬挂起来并折叠成琥珀的模样。

尺寸对我绰绰有余，

法官们从一棵树那里看见我，

用他们的脊背看见我走向前方，

走进我的锤子，

停下来看一位姑娘

在一个公共厕所旁，竖起了肩膀。

我身旁肯定没有人，

这无关紧要，非我所需；

他们肯定说过了我要离去：

对此我的感觉十分清晰。

祈祷的尺寸非常残忍!

凌辱,光辉,深远的森林!

对我绰绰有余:尺寸、弹性的雾,

起始、共同和超越的速度,

沉着!沉着!然后,

然后不祥的电话铃声大振。

是它;正是那乡间。

人的尖端……

人的尖端,

吸宇宙灰烬之烟以后

对自身收缩的小小嘲讽;

尖端,出现在秘密的海螺中,

尖端,戴着手套抓住自己,

尖端,星期一被六天制动,

尖端,脱身于对自己灵魂的倾听。

否则,

士兵或许是毛毛细雨

当他们从勇猛的迷失归来,

既不是方形的炸药也不是致命的香蕉;

只是侧影上的一点儿鬓角。

否则,跋涉的岳父岳母,

在响亮使命中的姻亲,

橡胶忘恩负义的女婿在渠道上,

马的全部高雅

行走时都能辉煌地闪光!

啊,对反射之光的几何学的思考!

啊,不要因如此迅猛

如此芬芳的尊严而卑鄙地死亡!

啊,不要歌唱;几乎不会

书写,书写便用小棍儿

或不安的耳朵的锋芒!

铅笔的谐音,震耳欲聋的定音鼓,

分成两半的粗壮的声响

吃着记忆的美好的肉,

火腿,如果无肉可供食用,

便吃一块奶酪,它已经

长了雌的、雄的和死的蠕虫。

啊，没酒的酒瓶！……

啊，没酒的酒瓶！啊，因这酒瓶

而鳏居的葡萄酒！

当傍晚的霞光迟到

在五种精神上不幸地燃烧。

没有面包没有油污的鳏居，

在可怕的非金属上杀戮

并在口头的细胞上结束。

啊，永远，从来没遇到过这么多的永远！

啊，我的好朋友们，残酷不公的诳骗，

进入了我们不完全的

会飞的不严肃的忧伤里面！

崇高的，蠢猪的下流的完美，

拨动我全面的伤感!

梦中响亮的鞋底,

被卖、合法、粗糙、低级,

强盗的鞋底

将我的思想观念触动并降低!

你、他、他们和大家,

然而却同时进入了我的衬衫,

进入木质的肩膀,

进入股骨、细棍儿中间;

特别是你,对我产生过影响力;

他,无足轻重,脸色发红,有钱

而他们,游手好闲,

生着另一种重量的羽翼。

啊,酒瓶里没有酒!

啊,酒却因这酒瓶而鳏居!

最终，一座山……

最终，一座山在低地的后面；

最终，在固定的面孔期间，

周围是冒烟的光环。

向那口井致敬的山，

在黄金免费的白银矿脉上面。

已故的长长的阀门，

对自己夏天的色调很有信心，

它们拖着的是那飘带；

这自然的开端，这威武的跺脚，

这皮肤，这数字内在的闪光，

这一切沉默的框架，

我完整地在那里润滑。

一只脚上的事情,硫磺的导火线,

白银的黄金和白银缔造的白银

以及我的死亡,我的深处,我的小山。

事先或事后为我打开软木塞,

拥抱着我的双臂

过去!

山啊,多少次使演讲

使泪水平缓波动的散文流淌;

乞求的阶梯,再往后,是汹涌的塔楼

构成的低低的山冈;

白昼与白昼的酒精之间的雾气,

甘蓝昂贵的碧绿,作为

补充的温顺的驴、木材和棍棒;

黄金之免费白银的矿藏。

无论我的胸膛喜不喜欢它的颜色……

无论我的胸膛喜不喜欢它的颜色,

我要沿着它粗犷的渠道走去,用棍棒哭泣,

力争成为幸福的,在手上

哭泣,书写,回忆

并在颧骨铆上泪滴。

恶喜欢它的红色,善喜欢其悬着的斧头

在飞翔的翅膀缓步徐行时呈现的红色,

人不愿而且是明显地

不愿那样;

不愿有双手者、粗鲁者和很哲学者

躺在自己的灵魂上,

不愿太阳穴上有长矛的跳荡。

我几乎不是这样，我来自下层

来自耕犁，在犁上救助自己的心灵

并几乎按比例地将自我称颂。

要懂得生活为何这般不幸，

我为何哭泣，为何

皱眉，笨拙，变化不定，

呐喊着诞生；

按照一个有竞争力的字母表的旋律

懂得这一切，理解这一切

将是忍受忘恩负义的伤痛。

不！不！不！什么计谋，什么掩饰！

窒息，是的，只要是狂热，坚定，

皮质的，贪婪的，不管愿意与否，鸟儿和天空；

窒息，是的，以整个男裤正中的开缝。

两个哭泣之间的斗争，一个幸福的偷窃，

无痛的渠道，我在那里忍受着

穿着快速的拖鞋盲目地步行。

胡蜂，楔子，斜坡，和平……*

*诗人在第一段用的全是名词；第二段全是形容词；第三段全是副词；第四段全是名词化的形容词。由于两种语言的巨大差异，无法翻译……

胡蜂，楔子，斜坡，和平，

死人，分升，猫头鹰，

地点，蜡螟，棺柩，杯子，陌生，

黝黑女人，锅，侍童，

水滴，忘却，

权势，堂兄弟，大天使，针，

教区牧师，紫檀，轻蔑，

份额，类别，惊讶，灵魂……

弹性的，藏红色的，外部的，清澈的，

轻便的，年老的，第十三的，流血的，

被拍照的，机敏的，肿起的，

有联系的，长长的，怀孕的，不忠的……

以后,这些个,在这里,

以后,上面,

也许,当时,多么,从不,后面,

下面,难道,永远,

在远方,那个,明天,多少,

若干!……

可怕,奢侈,迟缓,

无谓,威严,

湿漉,致命,不幸,痉挛,

全部,纯粹,漆黑,苦涩,

似撒旦者,触着,深刻……

受苦,博学,正派……

受苦,博学,正派,

嚎叫,复合,沉思,发假誓,尸体,

在去,在回,回答着,敢于,

不祥,猩红色,不可抗拒。

在社会上,在玻璃上,在灰尘上,在煤上,

他走了;他动摇了,在用金子讲话;曾闪光,

曾改变,在观察;

在天鹅绒上,在撤退,在将眼泪流淌。

忆起?坚持?去?原谅?

皱眉头,将斜躺着

结束,粗糙,墙壁,惊慌;

混淆,终止,考虑着留下印象。

无懈可击地,不受惩处地,

黑色地,将闻着,将明白;

将口头地穿起衣裳;

将不确实地走,将害怕,将遗忘。

好吗？苍白的非金属
使你健康……

好吗？苍白的非金属使你健康？

城市燃烧的非金属

向尘土残忍的河流倾斜的非金属？

奴隶，已是环行的时间

两个耳轮组成

喉咙的、活动的、四个一组的小环。

奴隶先生，在魔幻的早晨

终于看到

你颤动着鼾声的上身，

人们骑着马看得见你的痛苦，

那良好的器官，三个把手的器官在经过，

我月复一月地翻阅着你一根根头发，

你的岳母在哭

搓着手指的骨节儿,

你的灵魂热情地俯身看你

而你的太阳穴,一时间,踏着你的步履。

母鸡,一个一个地,下着无限大的蛋;

美丽的土地离开了冒烟的音节,

你为自己画像,站在你的兄弟身旁,

昏暗的色彩在床下雷鸣般作响

而章鱼在奔跑并互相碰撞。

好吗,奴隶先生?

非金属是否在你的苦闷中行动?

被嘲弄，适应了环境，
生病，发烧……

被嘲弄，适应了环境，生病，发烧，

我将肉柄儿弄弯并用杯子游戏，

在那里，命运化作苍蝇之地

我吃过也喝过使我沉沦的东西。

纪念碑的阿达尔梅*，　　　　　　　　　　　* 古重量单位，合
　　　　　　　　　　　　　　　　　　　　179 厘克，言其少。
我的债权人，编号的抬棺架，

我的债权人，当我从高处，

响亮地，浑身青紫地落下。

说到底，已经

是用整把斧头呻吟的时辰，

已经是哭泣的年，

踝骨的日,

呼吸的世纪,肋部的夜晚。

不育的品德,单调的魔王,

在侧面,在我临时

顶替的母马的肋部跳荡;

然而,在吃过的地方,我曾有多少思想!

又曾喝过多少水,在我哭过的地方!

生活就是如此,它本身

就是这般,在那里,在无限

空间的后面;这样,自然而然,

在立法的太阳穴面前。

弦就这样待在提琴旁边,

当人们高声地谈论空气,

当他们悠闲地谈论闪电。

罪恶的事业就这样屈服,

我们三个三个地走向团结;

人们这样用杯子玩耍

远去的人们将我迎接,

命运在细菌上完结

而一切都归于大家。

阿丰索*：你在看我，我看到了……

* 阿丰索·德·席尔瓦是一位秘鲁音乐家，是巴略霍在巴黎时的朋友，这是诗人于1937年写的对他的悼亡之作。

阿丰索：你在看我，我看到了，

从那不可通融的平面，那里居住着

一行行的"从不"和一行行的"永远"。

（那天夜晚，在里布特大街，

你睡在你的梦与我的梦之间。）

† 乔洛是对印第安人与欧洲人混血后裔的称呼，这里指诗人自己。

你无法忘怀的乔洛†

清楚地听到你在巴黎的步履，

感到你在电话中的沉寂

请在金属丝上演奏你最后的乐曲

测量体重，为了

深刻而干杯，为了我，为了你。

我依然

买"一点酒,一点奶,用现钱"

在大衣下面,为了人们看不到我的灵魂,

亲爱的阿丰索,在那一件

大衣下面,在复合的太阳穴简单的光线下面;

兄弟啊,我依然在受苦,你已不然,直到永远!

(人们告诉我在你痛苦的世纪里,

可爱的"当时",

可爱的"永远",

你做着木头的"零"。是真的吗?)

在"夜总会",你演奏着探戈,

你愤怒的孩子弹着自己的心灵,

被你本人护送,为你

和与你的影子相似的大人物哭泣,

弗加特先生,老板,已经老态龙钟。

告诉他?说给他听?仅此而已,

不,阿丰索,那不行!

学院街旅馆依然在买橘子

它一直在运作；

然而我在受苦，如前所说，

我甜蜜地回想着

我们俩使我们俩的死神受过的折磨，

在那双重坟墓的开口处，

那另一个和你的"永远"在一起，

这一个桃花心木的和你的"当时"在一起；

席尔瓦，我在受苦，饮着一杯你，

为了恢复常态，如我们经常所说，

然后，我们会看看发生了什么……

在三次中，这是另一次祝酒，

在酒中沉思

而且不同，

在世上，在杯中，

我们不止一次的对身体的祝福，

不到一次的对思想的祝福。

今天尤其不同；

今天我在甜蜜而又辛酸地受苦，

对于强硬的基督，我饮你的血，

对于温柔的基督，我吃你的骨，

因为我爱你，二对二，阿丰索，

我几乎可以永远这么说。

失足于两颗星星之间

有些人那么不幸,甚至

没有身躯;定量的头发,天才的

苦难,在降落,一厘一厘;

方式,在上面;

忘却的槽牙,你不要将我寻觅,

他们似乎脱离了空气,汇总了精神的

叹息,听到了上下腭清晰的撞击!

他们离开自己的皮肤,挠着棺材

他们在那里出生并时刻在沿着死亡上升

又沿着冰冷的字母表,落在尘埃。

唉哟,那么多!唉哟,那么少!唉哟,他们!

唉哟,在我的房间,用眼镜将他们倾听!

唉哟,在我的胸腔,当他们在购买服装!

唉哟,我白色的油污,在他们聚集的沉积物上!

桑切斯的耳朵可爱,

人们感到自己可爱,

陌生人和他的太太,

这有袖子、脖子和眼睛的他人可爱!

那有臭虫的人可爱,

还有在雨中穿着破鞋的人,

用一个面包、两根火柴为一具尸体守灵的人,

在门上夹了指头的人,

没有生日的人,

在火灾中失去影子的人,

还有动物,像鹦鹉的动物,

像人的动物,富有的穷人,

纯粹的穷人,可怜的穷人!

要爱

那或饥或渴,但又没有饥

可以抵消渴,也没有渴

可以抵消所有饥饿的人!

要爱那每时、每日、每月都在工作的人,

那因为痛苦或羞耻而流汗的人,

那按照手的指令而去电影院的人,

那用他缺少的东西付款的人,

那担惊受怕地睡觉的人,

那不记得童年的人,

要爱那秃头而又没有帽子的人,

那没有刺儿的正义者,

没有玫瑰的偷窃者,

那带着手表并见了上帝的人,

那光荣而不朽的人!

要爱跌倒并还在哭泣的孩子

和跌倒了而又不再哭泣的大人!

唉哟,那么多!唉哟,那么少!唉哟,他们!

或许，我是另一个人……

或许，我是另一个人；黎明时，走在

长长的、有弹性的圆盘周围的另一个人：

会死的，象征性的，果敢的光圈。

或许，等待时我会记起，会诠释

有猩红色标记的大理石，铜的行军床，

一只出神的、私生的、非常生气的狐狸。

或许，终归是人，

背上涂着同情的靛蓝，

或许，我寻思，在更远处，空无一物。

大海给我圆盘，以某种干涸的余地，

向我的喉咙描述着它；

实际上，没有什么比它更酸、更甜、更康德化！

但是他人的汗水，但是血清

或温和的风暴，

衰落或上升，这，永不会发生！

我躺着，细心地爬出，

拍打着进入肿胀的混合物，

没有腿，也没有武器，没有成年人的泥土，

一根针扎在伟大的原子上……

不！永不！永没有昨天！永没有以后！

由此有了这魔王的肿瘤，

这蛇颈龙道德的牙齿

和这些遗留的怀疑，

这标记，这床，这些票据。

造化之书

哭泣的教授——我对一棵树说过,

水银的树,飒飒作响的椴树,

在马奈河*旁,一个好学生

在你的纸牌,在你的枯枝败叶上,

在明显的水和虚伪的太阳之间,

阅读他金元花的马,金杯花的三。

天书章节的大学校长,驴子身上

燃烧着的苍蝇、平静的教科书的校长,

深刻无知的大学校长,一个坏学生

在你的纸牌,在你的枯枝败叶上

阅读使他发狂的理性的饥饿

和使他发疯的痴呆的饥渴。

* 马奈河是法国的一条河,是塞纳河的支流。

喊叫的技术人员，觉悟的、强壮的、

流动的、双重的、太阳的、双重的、狂热的树，

主要玫瑰的熟悉者，完全投入以致被刺伤出血，

一个学生在你的纸牌，在你的枯枝败叶上

阅读他早熟的、土地的、

火山的、一把把剑的国王。

教授啊，竟有那么多的无知！

校长啊，竟在空气中如此地颤抖！

技术人员啊，竟如此地低头！

啊，椴树！啊，马奈河边发出声响的树！

我非常怕变成一个动物

我非常怕变成一个白雪的动物,

它曾只用自己的静脉循环

支撑父母,

而在这光辉的、太阳和大主教的一天,

这一天还代表着夜晚,

这动物

直接地回避高兴、呼吸、

演变和有钱。

我若是达到如此地步的男子汉

那将是莫大的悲哀。

一种信口胡说,一个富饶的征兆,

我腰部的精神铰链

陷入了它临时的枷锁。

一种信口胡说……同时,

就是这样,在上帝头颅的后方,

在洛克、培根的案头,在牲畜

青紫色的脖颈上,在灵魂的拱嘴上。

在芳香的逻辑里,

这光辉的、月亮的一天,

我实在害怕会成为那个东西,

或许对它的嗅觉,土地、

活的或死的胡言乱语

都会散发出死者的气息。

啊,翻滚,咳嗽,捆缚,

自己捆住学说,太阳穴,从肩膀到肩膀,

奔向远方,哭泣,为此付出八个

或七个或六个或五个或者

付出生命,它有三重强大的力量!

婚礼进行曲

在我个人行为的头顶,

手拿着王冠,整营的神,

脖子上有否定的标记,

残忍的匆忙和金星,

惊讶的勇气和心灵,

带着目光下的两个冲击;喊叫不停;

残酷的、充满活力的界限;

吞噬着我模糊的哭声;

我将点燃自己,我的蚂蚁将点燃自己,

将点燃自己的还有我的钥匙,我的呻吟

我在那里失去了自己痕迹的起因。

然后，将那一粒原子化作谷穗，

我将在她的脚下点燃自己的镰刀

而谷穗终将是谷穗。

愤怒使大人破碎成孩子……

愤怒使大人破碎成孩子,

使孩子破碎成相同的鸟,

然后,使鸟破碎成卵;

穷人的愤怒

用一种油对抗两种醋。

愤怒使树破碎成叶,

使叶破碎成不同的蓓蕾,

使蓓蕾破碎成望远镜的凹槽;

穷人的愤怒

用两条河对抗很多的海洋。

愤怒使好事破碎成疑问,

使疑问破碎成三个相似的拱门

然后，使拱门破碎成意想不到的坟；

穷人的愤怒

用一块钢对抗两把匕首。

愤怒使灵魂破碎成躯体，

使躯体破碎成不同的器官，

使器官破碎成八分之一的思想；

穷人的愤怒

用中心的火对抗两座火山。

一个人肩上扛着面包走过……

一个人肩上扛着面包走过

然后，我会将像我一样的人塑造？

另一个人坐下，挠痒，从腋下掏出一只虱子杀死；我还有什么勇气谈论精神分析？

另一个手持木棒进入我的胸里

然后我还会向医生谈论苏格拉底？

瘸子走过，用一只胳膊扶着一个儿童

然后，我还会阅读安德列·布勒东？

另一个冻得发抖，咳嗽，吐血

难道再不能影射"深刻的我"？

另一个在泥中寻找骨头、果皮

然后我还怎样描写无垠的天际?

瓦匠跌下屋顶,死去,已不能吃午饭

然后我还能更新比拟和隐喻?

商人少给买主一克的商品

然后还能将四维空间谈论?

银行家伪造他的账目

还有什么脸面在剧场里啼哭?

平民进入梦乡,将脚放在背部

然后还能对谁将毕加索评述?

有人在安葬中泣啼涟涟

事后还如何加入科学院?

有人在厨房擦拭步枪

我还有什么勇气谈论死亡？

有人走过，用指头将数目清点

若谈论"非我"怎能不发出一声呐喊？

今天一块碎片刺进了她

今天一块碎片刺进了她的身体。

今天附近的一块碎片刺进了她,

在她存在的方式,在她有名的

一分币,给她狠狠的一击。

命运使她非常痛苦,

十分痛苦;

门使她痛苦,

腰带使她痛苦,

给她干渴和折磨

给她酒杯的而不是酒的干渴。

今天,空气可怜的女邻居,

悄悄地冒出教义的烟雾;

今天一片碎块刺进了她的身体。

无限的辽阔跟踪着她,保持着

表面的距离,保持着广阔的联系。

今天,风的可怜的女邻居,

在两个面颊上,冒出了北方和东方;

今天一块碎片刺进了她的身体。

在短暂粗犷的岁月里,

谁会买一小块儿牛奶咖啡,

除了她,谁会下到它的踪迹直至天亮?

然后,星期六,七点钟,又会是谁?

痛苦的是那些碎片

刺入一个人的身体,

正是在那里,准确无误地!

今天刺进了同行的可怜的女邻居,

一团火焰被熄灭在神谕;

今天一片碎块刺进了她的身体。

痛苦使她痛苦,青年的痛苦,

幼儿的痛苦，痛苦，落在

她的双手

并给她干渴，折磨

不过是酒杯的而不是酒的干渴。

可怜的小可怜儿的女人啊！

灵魂因是其躯体而痛苦

你因内分泌腺而痛苦,这可以看见,

或者,也许

因为我而痛苦,因为我简单、沉默的敏感。

你为那纯净的类人猿而难过,在那里,不远,

那里是一片黑暗。

你转身,面向太阳,抓住自己的灵魂,

伸展你的肢体

并调整好自己的脖颈;这可以看见。

你知道什么使你疼痛,

什么跳到你的臀部,

什么通过你降落到地面。

你,可怜的人,你活着;你不否定,

倘若你死去;你不否定,

啊!倘若你死于自己的时代,自己的年龄。

尽管你哭泣,却在畅饮,

尽管你流血,却在哺育你杂交的尖牙、

痛苦的鼻涕和你的生殖器官。

你痛苦,忍受,又更加可怕地遭难,

不幸的猴子,

达尔文的少年,

残忍的细菌,窥视我的警官。

你对此何等的清楚,

你若不知道,会放声痛哭。

然后,你出生了;这从远处同样

可见,不幸的人,请你不要发言,

请你忍受命运赋予你的街区

请询问你的肚脐:怎么样?在哪里?

我的朋友,你很完全,

直至头发,在三八年,

尼古拉斯或圣地亚哥,反正有人,

你和你、和你的夭折或和我在一起

被你自治的大力士拖着

并囚禁在你极大的自由里……

然而如果你用手指数到二,

会更糟;对此不要否认,小兄弟。

不是吗?是,又不是?

可怜的猴子!……把爪子给我!

不。我说的是手。

受苦吧!干杯!

让百万富翁赤裸裸地行走！

让百万富翁赤裸裸地行走！

让不幸降临那用财宝为自己缔造灵床的人！

给致敬者一个世界；

给在天空播种者一把座椅；

让终结自己的作为并守候开始者哭泣；

让带马刺者行走；让城墙短命，

因为没有另一座城墙在那里成长；

给贫穷者其所有的贫穷，

给欢笑者面包；

让医生死亡，让胜利失掉；

让血里有牛奶；

给二十添加八百，

给太阳添加一根蜡烛；

让永恒从桥下通过！

给穿衣者以轻蔑，

用双手为双脚加冕，尺寸正好；

让我的人格和我坐在一起！

让怀在腹中的人哭泣，

为在空中眺望空中的人祝福，

将钉子的诸多岁月献给锤击；

让裸体者裸体，

将长裤穿在斗篷上，

让铜靠它的薄板闪光，

将威严赋予从黏土跌落到宇宙者，

让口哭泣，让目光呻吟，

让钢不能久远，

将线献给轻盈的地平线，

将十二座城市献给岩石的小径，

将球体献给和自己的影子玩耍的人；

将一小时构成的一天献给夫妻；

将母亲献给赞美土地的耕犁，

给液体印上两个印迹，

让咬伤的口点名,

让其成为后裔,

成为鹌鹑,

成为白杨和树木的排列;

战胜,与循环为敌,让大海

战胜它的儿子,让啼哭战胜白发;

人类先生们,请将毒蛇抛弃,

用七种木柴耕耘火焰,

活着吧,

提升高度,

让深度降低,

让波涛引导自己的汹涌,

让拱门的休战成功!

让我们死去;

请每天清洗你们的骨骼;

请不要管我,

将瘸鸟献给暴君和他的灵魂;

可怕的污痕,献给孤独的行者;

将成群麻雀献给天文学者、麻雀、飞行员!

请你们降雨,日晒!

监视朱庇特,监视黄金偶像的盗窃者,

将你们的文字抄在三个本子上,

向配偶们学习,当他们说话,

向孤独者们学习,当他们沉默不语;

请未婚夫妻们吃饭,

让魔鬼在你们的手中畅饮,

用后颈为正义而斗争,

让你们彼此平等,

让栎树实现诺言,

让美洲豹实现诺言,在两棵栎树之间,

让我们如是,无论暂时

还是永远,

请你们体会水如何航行在大海,

请你们自我哺育,

让错误被理解,由于我在哭,

被接受,当母山羊和它们的幼崽

攀上巨石；让你们改变按上帝要求

做人的习惯，成长吧……！

有人唤我。我已回来。

坏人会扛着宝座来

坏人会扛着宝座来,

好人,会陪着坏人走;

会说布道"对",会说祈祷"错"

而道路会将岩石切成两坨……

大山始于小丘,

做船桨用树干,做船舵用雪松,

二百等候六十

而肉体等候它的三个名称……

在火的概念上雪是多余的,

尸体躺下来注视我们,

火花要成为巨大的雷声

蜥蜴弯成鸟的体形……

在粪便旁缺少坑洞,

河流缺少沉船以便滑行,

为了自由人成为自由人而缺少监狱,

黄金缺铁,天空缺少大气层……

猛兽或许会显示纪律和气味,

愤怒或许会将士兵扮演,

令我痛苦的是我学习的灯心草

和将我感染与救援的谎言……

它若这样发生就这样安排

用哪只手唤醒?

用哪只脚死去?

用什么变穷?

用什么声音沉默?

然后,对谁,如何才能弄清?

不要忘却也不要记起

尽管门关得很严还是被人偷去,

因为苦难太少我非常郁闷,

我没有嘴, 因为有太多的考虑。

与山上的飞禽相反……

与山上的飞禽相反,

它们靠谷地生活,

这里,一个下午,

这里,捕获物,金属熊,果断的人,

"诚恳者"带着他不忠实的子孙来了,

我们也留下来,

因为右边的十字架上已没有木材,

左边的钉子上也没有了铁,

左撇子们的手紧紧地握了起来。

"诚恳者"来了,盲目,带着灯笼。

看见了"苍白者",这里,

对"肉色者"足以够用;

"伟大者"纯粹卑微地出生;

战争，

我这雌性的斑鸠，从不属于我们，

它自我设计，自我抹去，产卵，被夺去性命。

"陶醉者"使一棵栎树靠近嘴唇，

因为他在爱，又放了

栎树的一块木片，因为他有恨；

马驹的辫子和壮马的鬃毛编在一处；

工人们唱歌，我很幸福。

"苍白者"拥抱了"肉色者"

而"陶醉者"，隐蔽着自己，向我们致意。

如同在这里，当白昼已过去，

除了那个小广场还有什么时间！

还有什么比这个世纪更强大的时刻！

还有什么比那些人更好的年！

这并非我所说

而是当今时代所发生，

也是在中国、西班牙和世界所发生。

（沃尔特·惠特曼的胸膛极其柔软并在呼吸

无人知道当他在饭厅哭泣时在做什么事情）

然而，回到我们的事情，

我所说的那行诗，

正是那时我看到人不幸地诞生，

不幸地活着，不幸地挣扎，不幸地死亡，当然，

虔诚的伪君子在失望，

苍白者（永远的苍白者）

由于某种原因而苍白，

陶醉者，在人血和兽奶之间，

倒下，给予，并选择离去。

此时此刻，这一切

在我男性的腹中

奇怪地摇动。

为了心甜的柔情!

为了心甜的柔情!

缕缕柔情,目光的场院,

那些敞开的日子,当我沿着倒下的树木登攀!

于是我跟着你可爱的鸽子,

按照你被动的祈祷,

行动在你的影子和你影子伟大而又实在的恒心之间。

在你与我的下面,

你和我,诚恳地,

你的锁因钥匙而窒息,

我在你的大腿之间

上升、冒汗并缔造着无限。

(旅店主是个畜生,

他的牙齿,可钦可敬;

我驾御自己心灵那苍白的秩序；

先生，在远处……一步一步……再见，先生……)

我对这持久的激动想了又想，

并将你的鸽子置于你飞翔的高度上，

而我，幸福得瘸着腿，不时地

在那棵被拖着的树木的影子下纳凉。

我那个东西的肋骨，

你微笑着用手掩盖的柔情；

你将做完的黑色套服，

和你生病的膝盖多么协调，

可爱的，无处不可爱的女性！

我现在简单地看到你，害羞地理解你，

在拉托维亚、德国、俄国、比利时，

你的缺席者，你轻便的缺席者，

女人抽搐的男人，她在他们的关系中战栗。

在你无法修复的尾巴的形象上

可爱的女性,我会用开花的火柴爱你,

"人们有了生命和青春

就已足矣!"

当你的伟大与我最后的计划当中

已经没有空间,

可爱的女性,

我将回到你的长袜,你要吻我,

沿着你重复的长袜下来,

你轻便的缺席者,你要这样对他说……

这就是我穿上长裤的地方

这就是我穿上

长裤的地方,是一间房屋

我在那里高声地脱下衬衣,我在那里

有一片土地、一个灵魂、一张我的西班牙的地图。

此时此刻,我在向自己

讲述自己,并将

一块可怕的面包放在一本小小的书上

而后,我进行了转移,

想哼着小曲,将生命的右边

向生命的左边转移;

然后,果断而又尊严地

将腹部和全身沐浴;

再转过身来,看看变脏的物体,

擦光紧贴在身上的东西

并将那张地图好好地整理，

不知它是在摇头还是在哭泣。

由于不幸，我的家，是一间房屋，

一块侥幸的地皮，我可爱的小勺儿

带着她的铭刻生活在那里，

我亲爱的骨架已没有文字，

没有刀片，没有一根长久的纸烟。

的确，当我思考

什么是生活，

无法避免向吉奥尔吉特*诉说，

为了吃点可口的东西并出去，

下午去买一份好的报纸，

保存一天一夜

以备不时之需

（在秘鲁如是说——我开脱自己）；

*吉奥尔吉特是诗人的妻子。

我同样以极大的细心在受苦,

为了避免呐喊或哭泣,因为眼睛拥有

自己的贫穷,不以人的意志为转移,

我是指它们的功能,

它似乎在心灵上滑行又跌落在心灵。

度过了

十五年;以后,十五年,从前,十五年,

一个人,实际上,觉得自己是傻瓜,

这很自然,此外,还有什么办法!

还有什么最坏的事情,不应去做?

只有活着,只有

成为上百万面包中,

数千瓶葡萄酒中,数百张口中的一个,

成为太阳和它的光线即月亮的光线中间,

弥撒、面包、酒和我的灵魂中间的一个。

今天是星期日,因此,

我头脑中产生了想法，

胸中产生了哭泣，

而喉咙，似乎有个巨大的疙瘩。

今天是星期日，而这已有许多世纪；

否则，或许是星期一，

像我这样的和我所遭遇的人，

心中会产生想法，

脑子中，会产生哭泣

而喉咙里，将会有一种可怕的情趣

要将我现在的感觉窒息。

西班牙,请拿开这杯苦酒

(1936—1937)

15 首

一　献给共和国志愿军*的歌

* 这里指的是国际纵队的战士。

西班牙的志愿军，铮铮

硬骨的民兵，当你的心去赴死，

当它怀着世界的悲愤去杀敌，

我真不知该做什么，待在哪里；

我奔跑，写作，鼓掌，哭泣，

观察，拆毁，熄灭，让心跳停止，

让善良降临，我想作践自己；

暴露自己无个性的前额

直至碰到血的酒杯，停住脚步，

建筑师那些著名的废墟

将我的躯体拦阻，

尊敬我的动物以那些建筑物为荣；

我的本能流回它们的绳索，

欢乐在我的墓前冒着烟雾，

我又一次不知所措,一无所有,

从空白的石头上放开我,

让我独自一人,

手脚并用的四足动物,靠近一点,太远了,

当我的双手容不下你漫长的陶醉的时刻,

我要在你双刃的速度上

将自己披着伟大外衣的渺小撞破!

晴朗、专注、丰饶的一天,

啊,两年,乞求漆黑学期的两年,

火药啃咬肘部的两年*!

啊,坚硬的痛苦和更坚硬的火石!

啊,嚼子被人民咬住!

有一天人民点燃了被禁的火柴,愤怒地演讲

并全力以赴,四处游巡,

用选举之手封住了他的出生†;

暴君拖着铁锁

而铁锁上,是他们杀人的细菌……

* 指右翼势力开始实行残酷镇压的"黑色的两年",即1934、1935年。巴略霍诗中提到的意大利人、苏联人是后来才到达的,该诗应作于1937年。

† 指人民阵线在1936年选举中获得的胜利。

战斗？不！激情！痛苦

引发的带着希望的栅栏的激情，

充满人民的痛苦和人类希望的激情！

死亡与和平的激情，人民的激情！

橄榄林内战争的死亡与激情，我们要弄懂！

风会将大气的锋芒变成你的呼吸，

坟墓会将钥匙变成你的胸腔，

昂起你的额头向着牺牲的第一力量。

世界在叫嚷："那是西班牙人的事情！"

的确。让我们想一想，仔细地衡量，

想想卡尔德隆*，睡在死去的两栖动物的尾巴上

或塞万提斯，他说："我的王国属于这个世界

但也属于另一个世界"：尖与刃在两个角色上！

让我们看看戈雅†，他跪在镜子面前祈祷，

看看勇士科尔‡，在其笛卡尔的攻击中，

平和的脚步有着云的汗水，

或看看克维多§，随时都会开火的老祖宗，

---

* 卡尔德隆（1600—1681），西班牙古典戏剧家。

† 戈雅（1746—1828），西班牙著名画家。

‡ 安东尼奥·科尔，海员，保卫马德里的英雄。他独自冲出战壕，用手榴弹炸毁德国人和意大利人的坦克。

§ 克维多（1580—1645）是西班牙黄金世纪诗人。

或者是卡哈尔[*]，被小小的无限所吞噬，

或者还有特莱莎[†]，一位女性，死去，因为她永生[‡]

或者是利娜·奥德娜[§]，在不止一点上与特莱莎抗争……

（天才的行为或声音总是来之于民

并去之于民，无论从正面还是通过不停的点点滴滴

或用不走运的痛苦暗语的红色烟雾传递。）

民兵啊，你的孩子，你贫血的孩子，

就这样被一块静止的石头摇动，

牺牲，躲开，

向上减弱并沿着不能燃烧的火焰上升，

上升至弱者

将西班牙分发给公牛，

将公牛向鸽子分送……

为世界而死的无产者，你的伟大，你的贫困，

你掀起的旋涡，你有条不紊的暴力，你理论与实践的混乱，

你但丁式的西班牙人的爱的情趣，尽管是爱敌人，是背叛，

这一切都会在世界疯狂的和谐中烟消云散！

[*] 圣地亚哥·拉蒙·伊·卡哈尔（1852—1934），西班牙生物学家，1906年获诺贝尔医学奖。

[†] 特莱莎（1515—1582），西班牙神秘主义女诗人。

[‡] 特莱莎有类似于"死去，因为永生"的诗句。

[§] 利娜·奥德娜是西班牙反法西斯战争中牺牲的女英雄。

戴着镣铐的解放者，

没有他的努力，空间至今仍无把柄，

钉子还将是无头地游动，

日子，古老，缓慢，发红，

我们可爱的头骨，没有坟茔！

为了人类而倒下去的带着绿叶的农民，

带着你小拇指的社会扭曲，

带着你留下的耕牛，带着你的物理学，

还要带上你捆在木棍上的话语

和你租来的天空，

带上你嵌入疲劳的黏土

和那在你的指甲缝里行走的污泥！

农用、民用

和军用的建设者们，

积极和蚂蚁般勤劳的永恒：已经写上

你们将缔造光明，

对死神眯缝着眼睛；

当你们的嘴巴残酷地倒下时

七个托盘将会带来丰盛,

世上的一切一下子都变成金子

而金子,

你们自己分泌的血的神奇的乞丐,

那时金子将是金子制成!

所有的人都将互相友爱,

都将拉着你们悲伤的手帕角儿吃饭

并以你们

倒霉的喉咙的名义饮酒!

他们将步行休息在这条路旁,

一边想着你们的眼眶一边哭泣,

他们将是幸运的,伴随你们残酷的、

茂盛的、先天的归来,

明天他们将调整工作和梦中歌唱的形象!

同一些鞋子将适用于无须途径

便能上升到自己身躯的人

也适用于下降到自己灵魂形体的人*！

人们将打成一片，哑巴将会说话，瘫子将会行走！

归来时盲人们已能看清，

聋子们在跳跃着聆听！

无知者有了智慧，而智者将变成无知！

不曾有过的亲吻也将变成现实！

只有死神将死去！蚂蚁

将运来面包屑，献给大象，它被锁在

粗野的温顺上；流产的婴儿

将重新完美、从容地诞生，

所有人都将劳动，

所有人都将繁育，

所有人都将心知肚明！

工人，我们的救星，我们的救世主，

兄弟，请原谅我们欠下的债务！

正如擂鼓时，鼓在它的格言中所说：

你的脊背决不会那么短命！

> * 这样的人当指耶稣。在巴略霍的诗句中，可见《圣经》的影子，下面的诗句中所说的都是以赛亚先知的预言。

你的形象总是变幻无穷!

意大利的志愿者,在其战斗的野兽中

一头阿比西尼亚的狮子在瘸着腿行动[*]!

苏联的志愿者,你的具有宇宙胸怀的尖兵!

* 当时意大利法西斯正在侵略阿比西尼亚,即今天的埃塞俄比亚。

南方、北方、东方的志愿者,

还有你,西方的志愿者,在封闭黎明葬礼的歌声!

熟悉的士兵,他的名字行进在拥抱的声音中!

大地培育的战士,用征尘武装自己,

你的鞋子是正的引力,

有效的个人信仰,

不同的性格,亲切的规矩,

邻近的皮肤,

肩膀上行走的语言,

灵魂戴着卵石的王冠!

被你寒冷、温和

或炎热的地区束缚着的志愿者,

四面八方的英雄,

战胜者队伍中的牺牲者:

生命的志愿者,在西班牙,在马德里,

你们号召人们去拼命!

因为有人在西班牙杀人,还有的

在杀害儿童,杀他们停下来的玩具,

杀光辉的母亲罗森达,

杀年迈的亚当,他在和自己的马说话,

并杀死那条狗,它睡在台阶上。

他们杀戮图书,向书上的助动词,

向毫无还手之力的第一页开枪!

他们屠杀逼真的雕像,

杀掉智者,他的同事,他的手杖,

还有旁边的理发师——可能为我理过发,

他可是个好人,后来也遭了祸殃;

杀了那个乞丐,昨天他还在对面歌唱,

杀了那个女护士,今天她哭着走过,

杀了那个神甫,背负着他双膝执着的高尚……

志愿者们,

为了生命,为了善良的人群,

请你们杀掉死神,杀掉恶人!

为了所有人的自由,

无论他是被剥削者还是剥削者,

为了无有痛苦的和平——当我在

队列下边睡觉尤其在四周

呼喊时,便觉得可能——

请这样干,我要说,

为了我正在给他写信的文盲,

为了赤脚的天才和他的羊羔,

为了倒下去的同志们,

他们的骨灰在将路上的尸体拥抱!

西班牙和世界的志愿者们,

为了你们的到来，

我梦见自己是好人，

是为了看你们的血，志愿者们……

因此便有了许多心愿，许多渴望，

许多骆驼在祈祷的时光。

今天幸福，燃烧着，行进在你们一方，

睫毛内的爬虫们亲切地跟随着你们，

相距两步，一步，

沿着燃烧前去看终点的水流的方向。

二 战 斗

埃斯特雷马杜拉人*,

我在你脚下听到了狼的烟尘†,

物种的烟尘,

儿童的烟尘,

两棵小麦的孤独的烟尘,

日内瓦的烟尘,罗马的烟尘,柏林的

    烟尘,

还有巴黎的烟尘,你痛苦随从的烟尘

和终于脱离了未来的烟尘。

啊,生命!啊,土地!啊,西班牙!

血的盎司,

血的公尺,血的液体,

骑马的、步行的、墙壁的、没有直径的血,

从四到四的血,水的血

* 埃斯特雷马杜拉,西班牙西南部地区,内战期间,受到法西斯雇佣的摩尔军队的蹂躏。

† 在巴略霍的诗作中,烟雾、尘土、火、血、铅等意象是战争的象征。

以及活血的死血!

埃斯特雷马杜拉人,啊,你还不是那样的人

由于他,生命将你杀死而死神使你再生

而他如此孤单地留下只为看你,如何

从这条狼起,继续在我们的胸膛上耕种!

埃斯特雷马杜拉人,你在人民的

和触觉的这两种声音上,

了解谷物的秘密:一条伟大的根

在另一条的危难里,这比什么都更有意义!

挽着手臂的埃斯特雷马杜拉人,

代表撤退中的魂灵,

挽着手臂观察

死亡中容纳着生命!

埃斯特雷马杜拉人,没有土地

能承受你耕犁的重量,

除了你在两个时代之间的轭的颜色

也没有别的世界；

没有你身后留下的牲畜的序列！

埃斯特雷马杜拉人，你让我

从这只狼看见了你在忍受，

为了大家而战斗，

为了使每个人都成为人，

为了使先生们都成为人，

为了使全世界成为一个人，

甚至为了使动物成为人，

马成为人，

爬虫成为人，

兀鹫，成为一个诚实的人，

苍蝇、橄榄树成为人，

就连陡坡也成为人，

天空本身也是一个小小的人！

后来，又从塔拉贝拉*撤退，

一组一组，武装着饥饿，一群一群，

* 塔拉贝拉是托莱多省的城镇，1936年6月5日被法西斯分子攻克，并由此发动对马德里的进攻。

从胸膛武装到前额，

没有飞机，没有战争，没有怨恨，

背负着失败

而胜利在铅的下面，

荣誉受到了致命的伤害，

烟尘的疯子们，手脚并用，

被迫地去爱，

用西班牙语赢得全部土地，

继续撤退，不知

将他们的西班牙在何处安放，

不知将他们的世界之吻藏在哪里，

将他们的袖珍橄榄树种在何方！

但是从这里，以后，

从这块土地的观点出发，

从恶魔的利益流淌着的痛苦

可以看出格尔尼卡*的伟大战斗。

超前的战争，空前未有，

*格尔尼卡是巴斯克地区比斯开省的城镇，1937年4月26日惨遭法西斯轰炸。毕加索曾作画表示抗议。

和平中的战争,弱小的灵魂

反对弱小身躯的战争,儿童

进行的战争,但无人告诉他要进行,

在他残忍的二重元音下,

在他最适应的尿布下,

母亲用她的叫喊、用眼泪的背面进行,

病人用他的疾病、药片和儿子进行,

老人用他的白发、岁月、木杖进行,

祭司和他的上帝一起进行!

格尔尼卡的保卫者,默不作声!

啊,弱小者!

啊,温和的被侮辱者

你们使自己升高、成长并使世界

到处是强大的弱者的身影!

在马德里,在毕尔巴鄂,在桑坦德*,

墓地遭到了轰炸,

而不朽的死者们,

* 毕尔巴鄂于1937年6月19日被法西斯占领;桑坦德于同年8月26日被占领;对马德里的进攻始于1936年11月29日。马德里保卫战持续了两年多。

警觉的骨骼和永恒的肩膀,坟墓中

不朽的死者们,他们感到、看到、听到

罪恶是如此卑鄙、可耻的入侵者死有余辜,

于是又开始了无休止的悲伤,

他们刚刚擦过泪痕,

他们刚刚受过艰辛,

他们刚刚生活过,

总之,他们刚刚成为人!

炸药,突然,什么也不是,

征兆与标记交织在一起,

离爆炸经过时有一步的距离,

到四蹄腾空,另一步,

到启示录的天,又一步,

到七种金属,则是朴实、

公正、集体、永恒的统一。

马拉加[*],没有父母,

没有石子,没有锅灶,连白色的狗也没有!

不设防的马拉加,我的死亡在那里诞生

我的诞生死于激情!

马拉加跟着你的脚步行进,没有转移,

在罪恶下,在怯懦下,在历史无法形容的凹槽下,

你将蛋黄拿在手里:有机的土地!

而蛋清却留在发梢:一片混乱!

马拉加在逃跑,

一家一家的,从父亲到父亲,从儿子到儿子,

沿着逃离海洋的海岸,

穿越逃离铅的金属,

紧贴着逃离的地面,

啊!服从命令,

它们来自喜爱你的深处!

马拉加断断续续地,带着不祥的预兆,强盗般地,

地狱般地,天堂般地,

成群结队地行走在强烈的葡萄酒上,

[*] 马拉加是安达卢西亚南方的港口城市,于1937年2月8日被法西斯军队占领。

一个一个地走在愚蠢的泡沫上,

走在静止而又更加愚蠢的飓风上,

踏着四个爱恋的眼眶

和两根相互残杀的肋骨的节奏!

我的微弱血液

和我那遥远色彩的马拉加,

生活依然带着鼓声追寻着你赤色的光荣,

带着礼花追寻着你永恒的儿童,

带着寂静追寻你最后的鼓声,

用一无所有,追寻你的魂灵,

用更加一无所有,追寻你天才的前胸!

马拉加,不要带着你的名字而去!

倘若你要走,

便整个地走,

向着你,全部中无限的全部,

与你固定的面积一致,我在那里发疯,

带着你肥沃的脚底和它上面的窟窿

以及你捆在生病的镰刀上的古老的刀片,

你系在锤子上的木杆!

不折不扣的马拉加人的马拉加,

逃向埃及,既然你被钉在那里,

将你的舞蹈在真正的苦难中

延续,让天空的体积在你身上消融,

你在丧失自己的水罐,自己的歌声,

逃吧,带着你外部的西班牙和你天生的苍穹!

马拉加由于自身的权利

并处在生物的花园里,便更是马拉加!

马拉加,要走正路,

对追逐你的狼要注意

而对等候你的狼崽要警惕!

马拉加,我在哭!

马拉加,我在哭泣啊,哭泣!

三　佩德罗·罗哈斯 *

* 有证据表明，激发巴略霍创作这首诗的是内战开始时，他看到在一具尸体的衣袋里的纸片上写着"同志们万岁！佩德罗·罗哈斯"。

他常用粗大的手指在空中写道：

"同志们万岁！佩德罗·罗哈斯"，

米兰达·德·埃布罗 † 人，男子汉和父亲，

† 米兰达·德·埃布罗是布尔戈斯省的城镇，是铁路枢纽。

男子汉和丈夫，男子汉和铁路工人，

是父亲更是男子汉，佩德罗和他的两个死神。

风的纸，他们杀害了他：去！

肉的笔，他们杀害了他：去！

赶快通知全体同志！

挂着他的木牌的桩子，

他们杀害了他；

杀死在他粗大的手指下！

他们杀害了佩德罗，也杀害了罗哈斯！

同志们万岁

写在他的天空的头部!

把万岁中的"v"写成秃鹫中的"b"*,

在佩德罗·罗哈斯这位英雄和烈士的肺腑!

* 西班牙语中,万岁是"viva",秃鹫是"buitre",而他把万岁写成"viba"。

搜查他的遗体时,他们大吃一惊

他的身体内还有一个伟大的身体,

为了全世界的魂灵,

还有一把死去的汤匙,在他的衣袋中。

佩德罗也时常在他的亲人中

吃饭,刷桌子,整理卫生,

甜蜜地生活

代表着所有的人,

那把汤匙,无论他是睡是醒,

总在他衣袋中,

死去而又活着的汤匙,它和它的象征。

赶快通知全体同志!

同志们万岁！旁边总有这把汤匙的身影！

他们杀害了他，把死亡

强加在佩德罗、强加在罗哈斯、

强加在工人和所有人身上，

强加给那个出生时很小的儿童，他看着天空，

后来长大了，变成了红色，

用他的细胞、用他的"不"、用他的"还要"、

用他的饥饿、他的碎块进行斗争。

他们温柔地将他杀害了，

当他的妻子胡安娜·巴斯克斯的头发，

在大火燃起、枪弹横飞的时候

当他已在一切的附近行走。

佩德罗·罗哈斯，这样，在死后

又站起来，亲吻自己淌血的灵柩，

为西班牙痛哭

并用那手指在空中书写:

"同志们万岁!佩德罗·罗哈斯。"

他的遗体充满世界。

四

乞丐们为西班牙战斗,

在巴黎、罗马、布拉格行乞

因此获得签证,用哥特人讨要的手,

用圣徒们的脚,在伦敦、纽约、墨西哥城。

乞丐们争先恐后,拼命

为桑坦德乞求上帝,

搏斗中已无失败者。

他们献身于古老的苦难,

在个人脚下

拼命为社会的铅哭泣,

呻吟着发动攻击,乞丐们,

作为乞丐,是他们唯一杀人的武器。

步兵的祈求,

向上天祈求金属的武器,

祈求愤怒,超越狂暴的火药。

沉默的骑兵在射击

用致命的节奏,他们的忍耐,

来自一道门槛,来自他们自己,哎!他们自己!

潜在的武士,

当他们给雷声穿袜子,没有袜子,

恰似魔王,带着号码,

拖着他们力量的凭证,

腰间的面包渣,

步枪的两个口径:鲜血和鲜血。

诗人向武装起来的苦难致敬!

五　死神的西班牙形象 *

　

她在经过！叫住她！这是她的肋部！

死神正经过伊伦 †：

她手风琴的步履，她骂人的话语，

我曾告诉过你的——她的编织物的尺寸，

我不曾说的那重量有多少克……，如果是它们！

请你们叫住她！快！她在来复枪中找我，

她清楚我会在哪里将她战胜，

什么是我巨大的智慧，完美的法律，可怕的规则。

叫她！她走路就像一个汉子在野兽中间，

她依靠那条臂膀，与我们的脚相连

当我们在掩体里入睡

她就停在梦中有弹性的门旁边。

她叫喊！叫喊！发出天生感觉的叫喊！

---

* 这个标题使人联想到黄金世纪诗人莱奥纳多·德·阿根索拉的诗句："死神的可怕的形象。"在西班牙语中"可怕的"（espantosa）与"西班牙的"（española）有些谐音。

† 伊伦（Irún）、特鲁埃尔（Truel）和马德里（Madrid）是巴略霍诗中涉及的三次战役。

或许因羞愧而叫喊,因为她看见自己

如何跌倒在植物中间,如何远离

野兽,听见我们在说:这就是死神!

她损害我们最大的利益!

(同志,因为她的肝脏在分泌我对你说过的液体;

因为邻居的灵魂被她吞进肚里。)

请你们叫住她!跟随她

直到敌人坦克的旁边,

死神是一个被强制的存在,

她的开始与结束

都铭刻在我充满幻想的脑海中,

尽管她装得好像不理睬我,

尽管她要冒很多常常发生的

你知道的险情。

叫住她!残暴的死神并非生灵,

而几乎是一桩简短事情；

不如说她的方式在射击，当她发动进攻，

射向简单的混乱，没有轨道也没有幸福的歌声；

不如说她大胆的时间在射击，射向不精确的分币

和她无声的珍宝，射向暴君的掌声。

请你们叫住她，用狂怒、用形象叫住她，

帮助拖她的三个膝盖，

就像有时，

有时，它们使人痛苦，刺痛谜一般的全部的碎片，

就像，有时，我触摸自己却又没有感觉。

请你们叫住她！快！她在将我寻觅，

带着道德的颧骨，带着白兰地，

带着手风琴的步履，带着她骂人的话语。

叫住她！不能失去我哭泣她的线索。

同志，我的灰尘啊，在她的气息的上面！

上尉，我的夹板啊，在她浓汁的上面！

我的坟墓啊，在她的引力的下面！

六　毕尔巴鄂失陷后的送别[*]

[*] 毕尔巴鄂于 1937 年 6 月 19 日失陷。

兄弟，受伤，阵亡，

共和国、赤诚的生灵，行走在你的王位上，

自从你的脊柱驰名地倒下；

他们走着，面色苍白，在你一岁一岁消瘦的年龄，

勤奋地走着，痴迷于迎面吹来的风。

双重痛苦中的战士，

坐下来倾听，躺在你意想不到的木棍下，

紧贴在你的王位旁；

转过身；

床单多么新奇；

他们在行进，他们在行进呀，兄弟。

人们说："怎么会！在哪里！……"

表现为鸽子的碎块,

孩子们没有哭泣,登上你的灰尘。

埃尔内斯托·苏尼加,睡吧,将你的手放松,

将你的理念放松,

你的和平在休息,你的战争在和平。

生命受到致命的伤害,同志,

骑手同志,

人与兽之间的马匹同志,

你高尚的骨头和忧伤的图画

构成了西班牙宏伟的场面,

戴着精致、褴褛的桂冠!

因此,埃尔内斯托,请坐,

请听,自从你的脚踝有了白发,

这里人们在你的王位上行走。

什么王位?

你右脚的鞋!你的鞋*!

---

* 据说人在死后,会抓住自己的一只鞋。

七

伙伴们,几天来,天空,

多日来,风改变着天空,

地域,改变着锋刃,

共和国的步枪,改变着水平。

几天来西班牙属于西班牙。

几天来邪恶

在回避,将自己的眼眶调动,

使自己的眼睛瘫痪并将它们倾听。

几天来用赤裸的汗水祈祷,

人类牵挂着民兵。

同志们,几天来,世界,

世界至死属于西班牙。

几天来这里已没有射击

身体在其精神的角色上死去

伙伴们,魂灵已是我们的魂灵。

几天来,天空,

这白昼的天空,巨大的蹄子的天空。

几天来,希洪*;

多日来,希洪;

长时间,希洪;

许多土地,希洪;

许多人,希洪;

还有许多神,希洪,

许许多多的西班牙,哎!希洪。

同志们,

几天来,风改变着天空。

* 希洪于1937年10月12日陷落,诗人暗指整个北方都已被佛朗哥军队占领。

八

这里,

拉蒙·科亚尔*,

你的家依然以绳索相连,

连绵不断,

当你,去那里参观马德里的七把剑,

在马德里前线。

*见《献给共和国志愿军的歌》中的注释。

拉蒙·科亚尔,用牛耕田的农民

与士兵,直至成了岳父的女婿,

丈夫,古老"人子"†邻居的儿子!

†指耶稣。

痛苦的拉蒙,你,勇敢的科亚尔

马德里的英雄好汉;拉蒙小子,

这里,

你的亲人们非常关注你头发的梳理!

他们流泪时，痛快，渴望！

擂鼓时，行进；

耕地时，在你的牛面前言讲！

拉蒙·科亚尔！如果你受伤，

表现要好，不要屈服；不要莽撞！

这里，

你残酷的能力在小小的盒子里；

这里，

随时间推移，你深色的裤子，

会独自行走，会结束自己；

这里，

拉蒙，你的岳父，那个老者，

每次遇到自己的女儿，都见不到你！

我将告诉你，他们在此吃了你的肉，

却不知道，

吃了你的胸，不知道，

还有你的脚；

但是大家都在将你充满尘土的脚步思考！

人们祈祷了上帝，

这里；

他们坐在你的床上，在你的孤独与琐事之间

大声交谈；

我不知谁拿了你的犁，不知谁取代了你，

也不知谁从你的马那里返回原地！

这里，拉蒙·科亚尔，总之，你的朋友！

向你致敬，上帝之人，写作并杀敌！

1937 年 9 月 10 日

九　献给共和国英雄的小安魂曲

一本书留在他死亡的腰边，

一本书在从他的尸体里复活。

他们带走了英雄，

他肉体的不幸的嘴进入我们的呼吸；

我们都在出汗，背负着肚脐；

行走的月亮将我们追赶；

死者也在伤心地出汗。

在托莱多*战役中的一本书，一本书，

后面一本书，上面一本书，从尸体里复活。

深紫色颧骨的诗歌，说他

与不说两可，

---

* 托莱多于1937年9月27日被法西斯攻占。

道德书简中的诗歌或许陪伴着

他的心灵。

书留下了,不过如此,因为坟墓里没有昆虫,

风留在他袖子的边缘,弄湿自己

并化作气体,无边无际。

我们都在出汗,背负着肚脐,

死者也在伤心地出汗

而一本书,我难过地看见了它,

一本书,上面一本书,后面一本书,

一本书从尸体里复活,突然间。

1937 年 9 月 10 日

十　特鲁埃尔战役*的冬天

> *特鲁埃尔是阿拉贡地区特鲁埃尔省的首府，战役于1937年12月15日开始，该城于1938年2月22日被法西斯占领。

水从冲洗过的左轮手枪落下！

这正是

水的金属的优雅，

傍晚在阿拉贡，

然而却有制作出的野草，

燃烧着的菜蔬，工业的建筑。

这正是，

化学平静的分支，

一根毛发中爆炸的分支，

频繁与再见中汽车的分支。

人这样回答，死亡也这样

回答，这样从侧面倾听，从正面观望，

水这样,与血相反,是水,

火这样,与灰烬相反,将它的反刍动物磨光。

谁在雪下面行走?他们在杀人?不。

恰恰是,

生命在摇着尾巴,用它的第二条绳索。

战争多么可怕!它在煽动,

它使人变长,并多孔;

战争制造坟墓,使人倒下,

使人像类人猿一样奇怪地跳动!

伙伴啊,你完全闻到了它,

当你因为不注意在尸体中

踩着了自己的手臂;你没看见它,

因为你碰到了自己的睾丸,满脸通红;

你听到了它,在你野生士兵的口中!

伙伴啊，我们走，

你那警惕的影子在等候我们，

你那营地中的影子在等候我们，

中午的司令，夜晚的列兵……

因此，当我讲述这痛苦的挣扎，

我远离自己，并用力喊道：

打倒我的尸体！……而我在哭泣。

十一

我看了那具尸体,它那看得见的急速的秩序

和它那灵魂的缓慢的无序;

我看见了他仍然活着;他的口中

有两张嘴的断断续续的年龄。

人们呼唤他的号码:碎片。

人们呼唤他的爱情:或许对他的意义更重!

人们呼唤他的子弹:同样已是亡灵!

他那有消化能力的秩序依然在坚持

而他那灵魂的无序,在后面,已无意义。

人们放弃了他并聆听他,于是

那尸体

霎时间,几乎秘密地复活了;

然而人们对他进行了精神听诊,只有日期!

人们在他的耳边哭泣,同样只有日期!

1937 年 9 月 3 日

十二　群众

战斗结束,

战士牺牲了,一个人向他走来

对他说:"你不能死,我多么爱你!"

但尸体,咳!依然是尸体。

两个人走近他,同样说道:

"要勇敢!要复活!别将我们丢弃!"

但尸体,咳!依然是尸体。

二十,一百,一千,五十万人赶来

并向他呼唤:"这么多的爱!死神就无法抗拒!"

但尸体,咳!依然是尸体。

千百万人围在他身旁

一齐请求："留下吧，兄弟！"

但尸体，咳！依然是尸体。

于是，大地上所有的人

包围着他；伤心而又激动的尸体看见他们；

慢慢地欠起身，

拥抱了第一个人；开始行进……

1937 年 11 月 10 日

十三 为杜兰戈*的废墟擂响丧鼓

* 杜兰戈于 1937 年 3 月 31 日遭法西斯轰炸,同年 4 月 26 日被法西斯占领。

尘土父亲,你从西班牙升起,

上帝拯救你,解放你,为你加冕,

尘土父亲,你从灵魂升起。

尘土父亲,你从火中升起,

上帝拯救你,给你穿鞋并给你宝座,

尘土父亲,你已在天国。

尘土父亲,硝烟的重孙,

上帝拯救你,将你升至无限,

尘土父亲,硝烟的重孙。

尘土父亲,正义者在你身上结束,

上帝拯救你并把你还给泥土,

尘土父亲,正义者在你身上结束。

尘土父亲,你在掌声中成长,

上帝拯救你并遮盖你的胸膛,

尘土父亲,对什么也不恐慌。

尘土父亲,你是钢铁铸成,

上帝拯救你,并赋予你人的体形,

尘土父亲,你燃烧着前进。

尘土父亲,贱民的凉鞋,

上帝拯救你,但永不把你放开,

尘土父亲,贱民的凉鞋。

尘土父亲,野蛮人为你扇风,

上帝拯救你,用众神将你缠绕,

尘土父亲,原子在将你护送。

尘土父亲，人民的汗巾，

上帝永远从邪恶中拯救你，

西班牙的尘土父亲，我们的父亲！

尘土父亲，你走向未来，

上帝拯救你，指引你并给你翅膀，

尘土父亲，向未来飞翔。

十四

西班牙,你要当心,当心你自己的西班牙!

当心没有锤子的镰刀!

当心没有镰刀的锤子!

当心牺牲者,无论如何!

当心刽子手,无论如何!

当心无动于衷者,无论如何!

当心在鸡鸣前,可能拒绝你

三次的人,还有后来

真的拒绝了你三次的人!

当心没有胫骨的骷髅!

当心没有骷髅的胫骨!

当心新的强权者!

当心那个吃你尸体的家伙!

当心那个吞食你生者的死者的家伙!

当心百分之百的忠诚者!

当心这空气后面的天空!

当心那天空后面的空气!

当心那些爱你的人们!

当心你的英雄!

当心你的死者!

当心你的共和!

当心你的未来! ……

十五　西班牙，请拿开这杯苦酒

世界的孩子们，

倘若西班牙倒下——我只是说说而已——

倘若西班牙

从天空倒下，她的手臂

被夹在两块土地的夹板里；

孩子们，凹陷的双鬓有多大年纪！

我告诉你们的事情在太阳上有多么早！

你们胸中那古老的声音有多么快！

你们练习本上的"2"有多么老！

世界的孩子们，

西班牙母亲背着她的肚子；

我们的老师拿着她的戒尺，

她是母亲和老师,

木材与十字架,孩子们,因为她

给了你们高度、头晕、加法和除法;

告状的父母们,和她在一起!

倘若她倒下——我只是说说而已——

倘若西班牙从大地上倒下,

孩子们,你们将如何成长!

年将怎样将月惩罚!

牙齿将如何长到十个,

如何书写二重元音,勋章如何在哭泣!

羊羔的蹄子如何继续

被绑在巨大的墨水瓶上!

你们如何走下字母表的阶梯

直至抵达那个字母,悲伤诞生在那里!

孩子们,

战士的子女们,此时此刻,

请压低你们的声音,因为西班牙

正在动物王国、小小花朵、彗星和人之间

分配自己的精力。

压低你们的声音,因为

她很严厉,很大,不知所措,

她手中的骷髅在不停地讲话,讲话,

那骷髅,那有辫子的骷髅,

那骷髅,那生命的骷髅!

我要你们压低声音;

压低声音、音节的歌、物资的哭泣

和金字塔的喃喃细语,尤其要压低

用两块石头行走的双鬓的喃喃细语!

请你们压低呼吸,

而倘若那前臂垂下,

倘若那戒尺发出声响,倘若黑夜降临,

倘若天被夹在两块地狱的边缘里，

倘若在门声里有杂音，

倘若我迟到，

倘若你们看不见任何人，

倘若没有尖的铅笔吓唬你们，

倘若失去西班牙母亲——我只是说说而已——

你们要去，世界的孩子们，要去将她寻觅！……

附录1：聂鲁达献给巴略霍的两首诗

【巴略霍和聂鲁达有许多相似之处，尤其是有相同的信仰（都是共产党员），是好朋友，在西班牙语美洲诗坛，他们是相映生辉的"双子星"；在世界诗坛，他们都享有盛名。聂鲁达有两首写给巴略霍的诗歌，附录在此，以飨读者。】

献给塞萨尔·巴略霍的颂歌

巴略霍，

你脸上的岩石，

你荒芜

山峦的皱纹

使我通过自己的歌

记起你

脆弱的身躯上

宽大的前额，

刚刚挖掘出的

眼睛上

那黑色的霞光,

那些岁月,

崎岖,

峥嵘,

时刻都有

各自的辛酸

或遥远的

柔情,

生命的

钥匙

在街巷

充满尘埃的光中

抖动,

你在地下

从旅途

缓缓

归来,

而我敲门

在伤痕累累

的高峰,

墙壁自行开启,

道路自行伸平,

我刚从巴尔帕拉伊索而来

又在马尔塞利亚港登程,

大地

自己切成

两半

宛似黄色娇嫩的柠檬,

你

留在那里,

什么也不靠,

带着死

和生,

带着你的黄沙

倒下,

将自己衡量

并将自己倒空,

在冬天

破碎的街道,

在空气

和烟雾中。

那是在巴黎,你住在

穷苦人

可悲的客栈里。

西班牙

正在流血。

我们赶向那里。

然后

你又一次

留在烟雾里

于是

当你没有去,

突然,拥有

你的骨骼的地方

已不再是

那伤痕累累的土地，

不再是安第斯山的岩石，

而是烟雾，

是寒霜

在冬季的巴黎。

你两次被流放，

我的兄长，

从大地和天空，

从生命和死亡，

从秘鲁，从你的河流

被流放，

从你的黏土上

消亡。

你活着总和我在一起，

死后我便失去了你。

我在将你寻觅

从尘埃到尘埃,

一点一滴,

在你的土地,

你的面孔

呈黄色,

而且

陡峭不平,

你充满

古老的宝石,

破碎的

陶罐,

我登上

古老的

台阶,

或许

你已迷失,

缠绕

在金线里，

覆盖着

绿松石，

默默无语

或者

在你的人民，

在你的种族中，

化作颗粒

它生于一望无际的玉米，

化作种子

它会成长为旌旗。

或许，或许现在

你迁移

并又回来，

你终于

旅行归来，

终有一天

你发现自己

处于

祖国的中心,

活着,

起义,

你结晶中的结晶,火焰中的火焰,

红色岩石的光线。

(译自《元素的颂歌》)

V*

那位朋友的去世令我心伤

他和我一样，也是很好的木匠。

我们曾一起出现在餐桌、街巷，

分享痛苦、出没山岩、奔赴战场。

人们的目光在怎样使他越来越伟大，

那个瘦骨嶙峋的人与我相比是耀眼的光芒，

他的微笑曾是我的面包，

曾几何时，他渐渐被埋葬

直至不得不在地下隐藏。

从那时起同样是那些人，

当他在世时曾将其围在核心，

现在却为他穿上外衣，将他摇晃，

不让他安息，将他装潢，

对那可怜的早已安息的人

用自己的刺将他武装

---

*指塞萨尔·巴略霍（César Vallejo）。

用他来攻击我，将我杀害，

为的是看看那可怜的死者，

我的兄弟与我，谁弱谁强。

现在我向谁讲述这些事情

又有谁理解这些苦衷，

这事物中蕴涵着苦涩：

需要有一个伟大的面孔，

而那个人已没有笑容。

他死了，我向谁去倾诉

他们将一无所获，他们将一无所能：

他，在他死亡的领域中，

已将自己的作品完成，

而我也在从事自己的劳动，

我们不过是两个可怜的木工

有权选择我们的尊严，

有权选择死亡和生命。

（译自《遐想》）

附录2：巴略霍年谱及作品年表

1892年：3月15日出生于秘鲁北部安第斯山区的圣地亚哥·德·丘科。

1900年：开始上小学。

1905年：开始上中学。

1908年：中学最后一年，开始写诗。

1909年：由于家庭经济困难，帮助工作。

1910年：在利贝尔塔大学（今国立特鲁希略大学）文学系注册。后因经济困难而还乡。

1911年：赴利马，在圣马可大学注册，因经济困难又退学。

1912年：在庄园做助理出纳员，与农民有了直接接触。

1913年：进入利贝尔塔大学文哲系攻读文学。

1914年：大学二年级，同时在小学任教。在当地报刊上发表了一些诗作，后经修改，收入《黑色使者》。

1915年：文哲系三年级、法律系一年级，同时任国立小学一年级教师。与特鲁希略的朋友一起旅游，阅读欧美诗人的作品。8月22日他的哥哥米格尔去世。一个月后，提交论文《卡斯蒂利亚语诗歌中的浪漫主义》，获学士学位。在《改革》杂志上发表《死去的钟》。

1916年：法律系二年级，继续任小学教师。在利马的《巴尔内阿里奥斯》杂志上发表诗作《乡村之夜》《乡村的节日》等诗作。

1917年：法律系三年级，继续任小学教师。在一次节日集会上朗诵《黑色使者》。在《改革》杂志上发表诗作。

1918年：在圣马可大学文学系注册。结识贡萨雷斯·普拉达、埃古伦、巴尔德洛马尔等名流。与马利亚特吉一起编《我们的时代》杂志。《黑色使者》交付印刷。他任教的小学校长去世，由他接任。这一年的8月8日，其母去世，对他的精神产生了深刻的影响。

1919年：失去小学校长职务。改任瓜达卢佩小学教师。《黑色使者》面世，但署的是前一年的日期，在报刊上受到好评。开始创作《特里尔塞》。

1920年：回乡探亲，在参加圣地亚哥（即圣雅各）纪念庆典时因"带头袭警闹事"而被通缉并终遭逮捕，受过112天的牢狱之灾。

1921年：由于朋友们和知识界对官方施加的压力，获得了暂时的自由。112天的铁窗生涯对他的一生产生了深远的影响，经常在他的诗作中反映出来。继续创作诗集《特里尔塞》，短篇小说《在生与死的后面》获奖。

1922 年：诗集《特里尔塞》出版。

1923 年：出版《音阶》和中篇诗化小说《野蛮的寓言》。不再做小学教师工作。传言说他的案子可能重新开庭，于是他于 6 月 17 日乘船赴欧洲，于 7 月 13 日抵达巴黎。开始为特鲁希略的《北方》报撰稿。与巴黎和西班牙出版界合作。经济十分困难。

1924 年：父亲去世。经济困难。创作散文诗。

1925 年：开始与《世界》周刊合作（至 1930 年）。生病卧床。赴马德里领取奖学金，年底返回巴黎。

1926 年：年初病情加重。开始与利马的《多样性》杂志合作（至 1930 年）。与胡安·拉雷塔共同创办《繁荣·巴黎·诗歌》杂志。与先锋派诗人广泛交往。

1927 年：再次去马德里。与哥斯达黎加的圣何塞市的《美洲汇编》杂志合作。精神与道德危机。对马克思主义产生了浓厚兴趣。

1928 年：第一次前往苏联访问，途经柏林与布达佩斯。与其他秘鲁作家、政治家一道，为刚刚建立的秘鲁共产党撰写《论秘鲁发展之举》的文章；建议在巴黎成立秘鲁共产党支部。

1929 年：首次在《商业》报上发表文章。访问英国。再次访问苏联，顺访德国、波兰、奥地利、捷克、克罗地亚、意大利等国家和地区。撰写《艺术与革命》。

1930 年：放弃与《世界》和《商业》二刊物的合作。在马德里的《玻利瓦尔》杂志上发表旅苏观感。访问西班牙，结识阿尔贝蒂与萨利纳斯等诗人。《特里尔塞》第二版在马德里问世，由贝尔加明作序。他的政治活动引起巴黎当局的注意，于年底被驱逐出巴黎，前往西班牙。

1931年：在马德里与出版界合作。发表中篇小说《钨矿》、报道《俄罗斯在1931》和《在克里姆林宫前的思考》。加入西班牙共产党。加深了与加西亚·洛尔卡的友谊。积极参加西班牙左派的活动。第三次访苏，参加国际作家大会。归来后写了《面临第二个五年计划的俄罗斯》，被出版社退回。创作《人类的诗篇》中的某些诗作。

1932年：重返巴黎，获居留权。完成《面临第二个五年计划的俄罗斯》(1965年才出版)。

1933年：经济情况日趋拮据。在巴黎的《芽月》杂志发表有关秘鲁的政治报道。

1934年：继续在巴黎从事政治活动。开始写政治喜剧《克拉乔兄弟》。在不同时期与几位不同的女性同居后，终于在10月11日与吉奥尔吉特（Georgette）结婚。

1935年：脱离了紧张的革命活动，写了两个电影脚本和几个短篇小说。

1936年：西班牙内战的爆发激起他的政治热情，参与筹建"保卫西班牙共和国委员会"，参加群众集会和声援共和国的活动。赴马德里和巴塞罗那做宣传报道。12 月 31 日回到巴黎。

1937 年：作为"第二届国际作家保卫文化大会"的秘鲁代表赴西班牙。曾赴马德里前线访问。任国际作家协会秘鲁分会书记。发表关于西班牙内战的文章。创作《疲劳的岩石》和《西班牙，请拿开这杯苦酒》以及《人类的诗篇》中的诗作。

1938 年：开始重建秘鲁保障与自由运动。极度疲劳，健康恶化，于 4 月 15 日上午 9 时 20 分在法国巴黎去世。

1939 年：1 月东方军团的共和国士兵们在西班牙出版了《西班牙，请拿开这杯苦酒》；6 月他的《人类的诗篇》在巴黎出版。

1970 年：人们将他的遗体移到有名的蒙帕纳斯公墓。

后 记

2011年九、十月间，我有幸赴秘鲁的里卡多·帕尔马大学讲学。该校在2011年9月24日至10月1日举办了"翻译家之周"的活动。9月26日，罗德里格斯校长给我颁发了名誉博士证书和证章，邀请我介绍了秘鲁文学尤其是塞萨尔·巴略霍在中国的传播。当秘鲁国立特鲁希略大学研究生院知道我要去里卡多·帕尔马大学时，他们也邀请我去作讲座，并要为我颁发"杰出访问学者"证章和证书。作为塞萨尔·巴略霍的译者，我早就想去特鲁希略访问。巴略霍曾在那里上过大学，受过牢狱之苦，而且他们还可以陪我去诗人的家乡访问。从特鲁希略出发，要坐五个多小时汽车才能到达秘鲁北部山区的圣地亚哥·德·丘科，一般游客是很少去那里的。当年巴略霍离开家乡时，徒步或骑毛驴，要十数日才能走出大山。一路上，仿佛行进在青藏高原的大山里，只有不时出现的一群群羊驼（而不是牦牛），才使人觉得自己是行进在安第斯山深处。令人遗憾的是诗人的故居正在翻修（修旧如旧），暂时无法看到宅院的原貌，但却给参观者提供了一个为诗人故居的修缮添砖加瓦的机会：和印第安兄弟们一起，铲几锹砂石，向伟大的秘鲁诗人表达一份中国人的缅怀与崇敬之情。第二天早上，意想不到的事情发生了：该市市长卡布列尔·阿里比奥先生竟在市政府专门举行了一个欢迎仪式，宣布笔者为"圣地亚哥·德·丘科市杰出访问者"，并颁发了荣誉证书、出席故居—博物馆开馆仪式的邀请信和一尊诗人的雕像。仪式开始时，全体肃立，市领导和数十名市民一起，共同高唱秘鲁国歌。在"受宠若惊"之余，我深知这是出于他们对自己民族诗人的热爱，作为回报，我唯一能做的就是翻译一本《巴略霍诗选》。

上世纪90年代，我曾硬着头皮译了《人类的诗篇》，一直放在手里；2003年，"非典"肆虐神州，我便借足不出户之机，将原来的译稿整理了一遍，并译了《西班牙，请拿开这杯苦酒》。这个译本在手里又放了近十年，直到2011年从巴略霍的家乡访问归来，才觉得无论如何，出一本《巴略霍诗选》的事不能再拖了。于是又从《黑色使者》和《特里尔塞》中选译了30首诗。这便是2014年作家出版社出的《人类的诗篇——巴略霍诗选》。

这次，为了在北京大学出版社出版《巴略霍诗选》，译者又从《黑色使者》和《特里尔塞》中新译了20首诗，并增补了8篇散文诗。不足与不妥之处，敬请读者与业内同行批评指正。

2022年8月23日

图书在版编目（CIP）数据

失足于两颗星星之间：巴略霍诗选 /（秘）塞萨尔·巴略霍著；赵振江译 . —北京：北京大学出版社，2024.6
ISBN 978-7-301-34963-2

Ⅰ.①失… Ⅱ.①塞… ②赵… Ⅲ.①诗集 – 秘鲁 – 现代 Ⅳ.①I778.25

中国国家版本馆 CIP 数据核字（2024）第 067159 号

书　　名	失足于两颗星星之间：巴略霍诗选 SHIZU YU LIANGKE XINGXING ZHIJIAN: BALÜEHUO SHIXUAN
著作责任者	〔秘〕塞萨尔·巴略霍（César Vallejo） 著　赵振江 译
责任编辑	赵聪　闵艳芸
标准书号	ISBN 978-7-301-34963-2
出版发行	北京大学出版社
地　　址	北京市海淀区成府路 205 号　100871
网　　址	http://www.pup.cn　　新浪微博：@北京大学出版社
电子邮箱	zpup@pup.cn
电　　话	邮购部 010-62752015　发行部 010-62750672 编辑部 010-62753154
印 刷 者	北京中科印刷有限公司
经 销 者	新华书店
	880 毫米 ×1230 毫米　16 开本　26 印张　276 千字 2024 年 6 月第 1 版　2024 年 6 月第 1 次印刷
定　　价	98.00 元

未经许可，不得以任何方式复制或抄袭本书之部分或全部内容。
版权所有，侵权必究
举报电话：010-62752024　电子邮箱：fd@pup.cn
图书如有印装质量问题，请与出版部联系，电话：010-62756370